新潮文庫

ボクは好奇心のかたまり

遠藤周作著

目次

新版・狐狸庵閑話

ボクは好奇心のかたまり

新版・狐狸庵閑話

序にかえて

二カ月前、自分の芝居の本読みに立ち合おうとして出かけたビルの階段を転げ落ち、腕を骨折した。そのため、この「狐狸庵閑話《こりあん》」の第一回だけは「前がき」のような形でしか書けなくなりました。読者に深くお詫《わ》びを申しあげる次第です。

しかし階段からマリのように転げおちて、骨折すると痛いですなア。クルクル、クルクル、ドスンと床に叩きつけられた時は、一瞬、気を失って、しばし起きあがれなんだ。ようやく潰《つぶ》された蛙《かえる》のような恰好で頭をあげた時、仰天して私を見ている三、四人の男女の顔がぼうッとして、そのなかの一人が、

「あっ、ちがいのわかる男だア」

と叫んだ声をまだ憶《おぼ》えている。糞《くそ》たれめ、なにもこんな時、私の出たCMのことなど思いださなくてもいいじゃないか。それより助けてくれればよいのに。

だが誰も助けてくれなかった。片腕が宙づりの骸骨のようにブランブランしたまま、足を曳《ひ》きずるようにしてタクシーをつかまえ、どこかの病院で手当を受けようとしましたが、この時はタ

クシーがカーブする瞬間も痛い。しかも運転手君が若い男で夏木マリかなんかの唄を歌いながら、荒い運転をやる。

運転手「過ちはその時、おこった。わたしは我慢、できなーい」

拙者「痛てえ。俺も我慢できなーい」

運転手「上流社会の気どった生活」

拙者「痛ててて」

運転手「どうかしたのかね。なに、今、転んだ。そりゃいけないな、過ちはその時、おこった。わたしは我慢できなーい。薬屋に寄ろうか、お客さん」

お医者さまは上衣《うわぎ》の上から私の腕をさわっただけで、こりゃフクザツ骨折だと呟《つぶや》いた。果せるかな着衣をとると、左ひじから肩まで内出血でインクにつけたように真黒。全治三カ月。

役者さんてこういう時、縁起をかつぐもんですな。私の今度の芝居の脚本は山田長政を主人公にしたものだが、殺しの場面が四カ所もある。「四谷怪談」や「マクベス」のように殺しの多い芝居はちゃんとお祓《はら》いやお参りをしておかぬと、怪我や事故が次々と起るのだそうです。お参りしたほうがいいわよと芝居に出演してくれる岸田今日子さんにも奨められましたが、そこは狐狸庵、男でござる、

「なあに。ぼくが床《ゆか》に当ったんだから、この芝居、大当りだア」

などと上半身、包帯をまかれて苦痛をこらえながら勝手なことを言っていた。

ところが、それから一週間の後、本当に祟《たた》りのような事故が起った。出演者の一人である若い

女優がこの芝居の帰り、タクシーにぶつかって、ポキリ、私と同じ腕の同じ箇所を折ったのです。

更に——、私のこの芝居を本にして出版する新潮社の社長さんがモーターに指をつっこんで怪我をした。次から次へと祟ってくる。さすがの私もこわくなった。その上、見舞いの花束を贈ってくれた松坂慶子さんという映画テレビ女優さんがその夜、寝小便を洩らされたという話も聞きました。だから読者のなかで万一あの芝居を見られた方がいたら、注意して頂きたい。夜はビニールをシーツの上に敷いて寝てください。

というわけで、今回は申しわけないが長い枚数は書けません。いわば「序文」のようなものでお許しを乞う次第である。

しかし、じっと家にいるというのも辛いものですなア。夜になると折れた腕が神経痛的に痛みまして眼がさめる。

眼がさめると、狐狸庵とりまく雑木林をぬける風の音が、夜の冷えと骨にしみるようで、

　秋冷、病骨に知る

という詩などがひょいと口を出る。そして妙に人生が寂しく寂しくなるのだ。

こんな時、誰かと話したい。今頃、起きておる奴はおらんかの。それもできることならムクツけき男よりは、女性のほうが望ましい。そこで佐藤愛子なるお方に電話をかける。あれも女性ですからの。昔は別品だったんでっせ。あの方も。ほんま。

「今ごろ、何よ。何の用よ。うるさいわね」

受話器の奥から冒頭より怒気を含みし声がひびいてくる。これが若かりし折、登校途中の狐狸

庵の色香に迷い、顔あからめてそっと恋文を手渡し走りさった純情娘のなれの果てであろうか。

「寂しゅうなるたび電話かけられたら、こちらがたまらんワ。わたし、今月、三百五十枚も仕事せねばならんのですよ。あんたみたいなグウタラな怠けものと違います」

「そりゃ、そうだけど、夜がふけると腕も痛むし、腹もすくし……」

「え、お腹《なか》がすいた？　あんた、チャンと晩御飯たべてるの。それとも蛔虫《かいちゅう》でもいるんとちがう、汚ならしいね、ほんまに、あんたという人は。大体、汁ものばかりたくさん食べるから夜ふけにお腹がすくのですよ。わたしのように実《み》のあるものをたべておくと、そんなことありませんわ」

「じゃ、あんた、今夜、何を食べたんや」

おそるおそる訊《たず》ねると、彼女は誇らしげな声で一語、一語、はっきりと、

「ス、キ、ヤ、キ」

まるで全世界で今夜、スキヤキを食ったのはわたし一人というように鼻息をフッフッならして自慢するのだ。

「しかもですね、肉かて百グラム、八百円の肉を使うたですよ、あんたなんか、そんな高い肉、たべたことないでしょう」

「買ったんかいな。そんな肉」

「冗談じゃないわ。誰がそんな高い肉、買うもんですか。わたしの愛読者がですね、送ってくれたんです、あんたには、そんな読者、いないでしょ」

「いませんな」

私の愛読者は北杜夫のそれと同様、中、高校生が多いのだ。そんなプレゼントくれる筈がないじゃないか。

「それにですね、卵かてね」

愛子さんは一段と声をはりあげ、

「卵かて二つも使うたですネ」

「君一人で？」

「もちろんですよ」

柱時計をチラッとみると午前二時である。午前二時という真夜中に、いい年をした佐藤愛子が、いい年をした狐狸庵に鼻息、フッフッとならしながら、百グラム八百円の肉でス、キ、ヤ、キを食うたと自慢しているのだ。しかも卵を二つも使ったとさえ得意になっているのだ。ほんまにこの女流作家は変ってますなア。

だがタイム・マシンを三十年前に戻せば、老いし狐狸庵のまぶたに、三色のスカーフを首にまきしおカッパ髪の乙女の姿が眼にうかぶ。わが通いし灘《なだ》中。今の灘高、その校舎にちかき松林のなかで、かの乙女、つと駆けよりて、ズックの鞄《かばん》のなかから一枚の封筒だし、我に手渡し、頬、赤らめて走り去りぬ。封筒の裏には「佐藤愛子」と下手《へた》糞《くそ》きわまる金釘《かなくぎ》流の文字でしるし、表には「思募（原文ノママ）せる周作さまへ」と書かれてありぬ。我は憤然として手紙をコナゴナにちぎり住吉川に流せり。その乙女も今はかくのごとく変りしか。

と、書けば狐狸庵が当時いかにも秀才だったように聞えるが、他のところで幾度も告白したようにこの学校で私は撲《なぐ》られるために通っているようなものであった。
そんな生徒に恋文をわたす女の子もいないものだが、佐藤愛子だけはやはり何処《どこ》かが違ってお
ったらしいですな。
だが、あれから長い歳月がながれた。私と彼女とは十数年前に再会して共に小説家になったの
である。学校を出て彼女は軍人の妻となり、その御主人に死なれ、数々の苦労をしたらしいが、
戦中派の女性はみんな、そんな辛い人生を味わってきたのである。
いつだったかなあ。偶然、四国に講演旅行で彼女と一緒になった。晩夏のある日の午後、私た
ちを乗せた車は山の街道を走っていた。強い西陽が街道にそった一軒の農家にさしていて、その
家の前で一人の若い女が幼い子供をだきながら、ぼんやり立っていた。彼女はなぜか孤独で疲れ
ているように私には思えた。
佐藤愛子は食い入るような眼でその若い女と幼い子供を見つめていた。そして独りごとのよう
に呟いた。
「女って、永久にああなのねえ。一日のうち午後五時頃、ほんの短い間だけど、女が自分の人生
がこれからどうなるやろうかとぼんやり考える時があるの。そんな時、女は子供をだいて家の前
にじっと立っているの」
「あんたも、そうだったのか」
そう、私がたずねると、
「うん」

彼女はうなずいて、眼をしばたたいた。私はそれ以上、何も言わなかった。

あなたも催眠術ができる

数年前に催眠術の道場を見学したことがある。大きな広間に四十人ほどの男女が正坐していて深呼吸をさせられた後、前方に置いたグルグル回転する器具をじっと凝視させられる。

そのうち前列にいる一人がバタッと倒れると、それを合図にあっち、こっちでバタッ、コロリと催眠にかかった人がひっくりかえっていく。

だが冷静にそれを見ているうち、どうやら他の人より先に倒れた人たちはこの道場のサクラのように思えてきた。なぜなら、狐狸庵自身はいくらそのグルグル回転する器具を凝視していても、一向に眠けも催さなかったからである。

二度目にその道場を訪れた時、一計を案じて若い女の子を三人、連れていった。一計というのは道中、その女の子たちに、もし君たちがその道場の大先生の催眠術にかからねば、千円をやると約束したことである。

「ほんと?」

と彼女たちはものほしげに眼を赫《かがや》かせたから、狐狸庵はニタリと笑った。若い女性の物欲が催眠術に勝つか、負けるか、これは面白い見ものだと思ったからである。

果せるかな、その日、催眠道場の大先生がいくら暗示をかけても、彼女たちの眼はパッチリとして一向に閉じぬ。だんだん体がしびれてきます、手足の自由もきかなくなると先生は大声をかけるが、女の子たちはただ吹きだしそうな顔をしているだけだった。それも道理、大先生の背後で狐狸庵がペロリと舌を出し、手に約束の千円札を一枚チラつかせていたからだった。

女性の物欲を怖ろしいとこの時ほど思ったことはない。彼女たちの物欲は遂に大先生の術をぶちこわしたのである……。

何ごともする気のなくて春の暮、これは蕪村《ぶそん》の句にて候、と書きたいが実は狐狸庵散人の迷句であって、昨年の晩春、頬杖《ほおづえ》をつき所在なさに欠伸《あくび》、噛《か》み殺しつつ鼻毛を引きぬいていると、居《い》候《そうろう》の喜多八が午睡《ひるね》からさめてきて、

「爺さん、俺ァ、催眠術を習うことにいたした。誰か先生を知らんかノ」

例によって奇妙なことを言いはじめた。

「催眠術？　また、どうして」

「今、ウツラ、ウツラ考えておったのだが、催眠術というのは相手をこっちの思い通りにさせる術だと言うではないか」

「そりゃ、そうは言われておる……」

「なら、女の子に催眠術をかけてな、ここが風呂屋だと暗示をかければ……向うから服もぬぎ、裸になるかしらん」

「そりゃア、うまくかかればなるだろうが……」

「面白え。爺さん。誰か催眠術の先生を紹介してくれえ」

現代の青年は実に考えることが横着である。狐狸庵の世代においては、女をして衣服をとらしめるには情を以《もつ》てなし、長い月日の献身苦労を以て行なった。喜多八の世代は努力をなすことを好まず、催眠術によって女の裸を見んとす。悲シイカナ。日本ノ荒廃。

だが考えてみると喜多八の言葉も一理ある。催眠術を習得すれば甚《はなは》だしく便利なることも多々あるのだ。たとえば二年ほど前、年寄りの冷水という言葉も忘れ、阿川弘之なる同業者に誘われて西洋球転遊戯《ボーリング》をやりはじめたことがあった。その折、無類の大食漢にして馬鹿力のみ強きこの阿川にたびたび体力負けし、勝ち誇った彼の得意満面なる顔と嘲笑《ちようしよう》とにいたく口惜《くや》しき思いをしたことがあり、もし我、催眠術を習得せんか。阿川を思うままに操り、彼の投げるボールを縁溝《ガーター》にことごとく向わしめ零《れい》点となすも可能なのである。

「よろしいッ」

そこでいつになく狐狸庵、喜多八に猫なで声をだし、

「動機が不純であれ、学ぶという気持はお前にしてはえらい。早速、問いあわせてみよう」

われらが師匠はK先生といわれる温厚なる紳士であり、その道の専門家である。K先生の教授をうけるのは喜多八と狐狸庵のほか四人の中年男たちであり、そのなかには、狐狸庵の風流の友、古山高麗雄氏もまじっている。

毎週一回、渋谷のさるマンションで学科と実技の勉強を行う。

「先生、先生」

初日にあさましく喜多八がきいた。

「この授業を習得すれば、相手に何でもさせることができましょうか」

「何でも……と言うと」

温厚なる先生は喜多八の心底を見すかされたのであろう、ニヤリと笑われて、

「たとえば、相手に幻影をみせて、鳥にさせたり、音楽の指揮者にさせたりすることですか」

「へえ」

「それは簡単にできますナ。催眠のなかで鳥になったつもりの被術者は手を動かし、指揮者になったつもりで演奏の指揮の恰好もいたします」

「するとナ……」喜多八ゴクリと唾をのんで「たとえばですな。女の子に催眠術をかけて、あんたはストリッパーだ。ここは舞台、裸になって踊らんかと暗示をかけると……その子はスルスルと裸になるでしょうか」

先生は憐《あわ》れむごとく喜多八を見られ、

「催眠術を習わんとする素人《しろうと》のなかには、かくのごとき目的でこられる方が多々おられます。しかし……残念ながらかかる目的は催眠術では果されません」

「えッ。果されないッ」と喜多八の情けない声。

「被術者の羞恥心《しゅうちしん》や道徳心に逆らうようなことは、催眠術をもってしてもダメですな。だから女

の子に術をかけて、あなたストリッパーだといっても、彼女自身に裸になることに羞恥心がある限りはたちまちにして術は解けてしまいます」

「はア……」喜多八ガックリ。

「しかし、その女の子が本職ストリッパーなら、すぐに裸になりますよ。彼女は職業上、裸になることにそれほど抵抗感を持っていないのですから」

喜多八、寂《せき》として声なく、塩かけられた蛞蝓《なめくじ》のごとし。邪心ありて学をなす者は常にかくの如きなのである。我々もふかく反省せねばならない。

実技の第一課は、相手に術者にたいする信頼感をえることにありという講義からはじまる。

「だから練習用の被術者に、自分の身内をえらんではいけません。いかなる大家といえど細君には絶対、催眠術をかけられませんな」

「なぜでしょう」

「それは、すべての細君は亭主を心中、馬鹿にしておるからであります。術者を馬鹿にしている相手は催眠術にかかりません」

「ははア」

催眠術をかける時は、まず「かかりやすい人」と「かかりにくい人」とをテストによって区別する必要がある。

諸君も実験されるとよい。相手の右手を前方にピンと伸ばさせ、掌の指をそろえさせて、中指のあたりをジッと凝視させ、

「あなたの指は」と威厳をこめて囁《ささや》く「少しずつ開いてきます」

　すると、あな、おかし、十人中、五人の人の指は、少しずつ開いてくる。開いてくるような人は「催眠術にかかりやすい」人、開いてこない人は「かかりにくい」人。

「サイギ心のつよい人、こちらを馬鹿にしている人。それから白痴の人は催眠術にかかりません」

　こうして「かかりやすい」人を選んだのち、椅子に楽な姿勢ですわらせる。ゆっくりと深呼吸をさせて息を整えさせたうえ、両手を平行に前にピンとのばさせて、その真中を凝視させて話しかける。

「いいですか。あなたの両手はだんだん寄ってきます、だんだん、寄ってきます、もっと、もっと寄ってきます。ほら、寄ってきたのがわかるでしょう、もっと早く寄ってきますよ、磁石にすいつけられたように寄ってきますよ」

　と、ふしぎやふしぎ、相手の両手は次第に近よってくる。この時、狐狸庵が傍点をうった「もっと、もっと」「だんだん」という言葉を必ずなかに入れること。

　嘘ではない。習いだした二回目から、狐狸庵も喜多八も古山氏も他の三人の紳士もこの術はただちに習得した。正月の遊びに諸君、友人や恋人に実行されるといい。この時その恋人が君の暗示通りにならなければ、その恋人は白痴的頭脳の持主か、君を心中、ひそかに馬鹿にしていることになる。そのような女とはさっさと別れたほうが身のためであろう。

この両手を近づけることが出来れば催眠術の初歩は至って簡単なのである。簡単といって悪ければ十回ぐらい練習すれば誰でもできる。小柳ルミ子にもできる、君にもできる。

両手を近づけたのち、今度は、眼をつぶらせ同じ言い方で両手をひろげさせる。「もっと、もっと」「だんだん」「どんどん」という副詞をたえず使って暗示力を強めることさえ注意しておけば合わさった両掌も文字通り開いてくる。開いた両手を今度はおろさせる。そして厳粛な声で次のように宣告するのだ。

「両手が次第に重くなって……次第に両膝《りょうひざ》の上に落ちてきますウ。両手に重い電話帳がぶらさがっている感じで、膝におりてきます。膝に手がついた時、あなたは催眠状態に入ってきます」

そして軽く相手の頭を押えてやる。そのうち両手が膝についたら、肩を軽く押して、

「そら、肩が左右に動いてきますよ。だんだん動いてきた。ほれ、どん、どん、どん動いてくる」

相手の肩が動いてきたらシメたもの、もう被術者は半分以上、催眠にかかっているのである……。

誰でも簡単にできるとは書いたが、そりゃ、はじめの三、四回は我々も失敗をした。手を前に伸ばさせその先端を凝視させ、手を合わせ、ふたたび手を拡げ、膝に落させるという四つの順序をうっかり忘れて、どもるからだ、忘れるだけではなく、喜多八のようなセッカチな男は、

「両手が近づく。近づくったら、近づくのだッ。もっと近づく筈だッ」

先生が連れてこられた被術者のお嬢さんに怒鳴りつけるように言い、相手に恐怖感を与えて失敗した例もある。またその逆に、わが風流の友にして心やさしい古山高麗雄氏のように礼儀正し

く、

「はい、両手が近づきますよ、近づきましたね、有難うございます」

とひとつ、ひとつ礼を言って、

「催眠術中に礼を言う必要はありません」

と先生を苦笑させた例もある。

この初歩段階がすむと、今度は深い催眠に入れる術の練習がはじまる。これは今の方法を継続したあと、適当な時に、

「更にふかい催眠に入りますよ」

と暗示し、

「眼に何か見えますか。見えたら右手を一寸《ちょっと》、あげてください」

と言う。被術者が右手を一寸あげると、

「眼に何かみえましたか。ほう、野原ですか。ひろい野原ですね。花が咲いていますか。花をつんでください」

すると、被術者は夢遊病者のように椅子から立ちあがり、何もない床の上で花をつむ恰好をするから不思議である。あなたは鳥ですよ、空中を自由にとびましょうと言うと、両手をヒラヒラさせて飛んでいる真似をする。

更に奇妙キテレツなのは、

「私が今から五ツ、数えると、あなたは催眠から気持よく目覚めますが、しかし私が咳《せき》ばらいを

すると、この部屋の窓をあけたくなります」

そう暗示しておいて覚醒《かくせい》させ、しばらく何げなく被術者や他の人と談笑したのち、

「エヘン」

咳ばらいをすると、可笑《おか》しいかな、被術者は急に立ちあがって窓をあけにいくのである。

「なぜか、この部屋の空気が濁っておるような気がしましたの」

被術者になってくれた娘さんはあとでそう言っていた。


さあ、面白い。この深い催眠術の練習がはじまり、眼のあたり被術者が鳥の恰好をしたり、花をつみ、咳ばらいで窓をあけるのを見ると、六人の生徒たちは夢中になってきた。勉強にも練習にも熱が入ってきたのである。

被術者——つまり実験台になってくれる人もアルバイトのお嬢さんだけでは物足りなくなり、知人にやりはじめる。

友人の秋野卓美画伯にも狐狸庵、実験を試みました。

「秋野さん。秋野さん。野原の花をつみましょう」

フワ、フワと椅子から立ちあがった催眠中の秋野画伯はスローモーションの映画のなかのように、手をゆっくり動かし、床の上にしゃがみこむ。

「これは水割りウイスキーです」

コップに水を入れて渡すと、それをうまそうにチビリチビリ飲んでおられる。

「さて、私が五ツ手を叩くと、あなたは眼をさましますが、眼をさましたあと、私が咳ばらいをしますと、急にトイレに行きたくなります」

秋野画伯はパッチリ眼をあけ、キョトンと狐狸庵の顔を見ておられる。エヘンと咳ばらいをすると、飛びあがるように立たれ、便所に飛びこまれた。

もっとも図にのって、この秋野画伯に失敗したことがある。

「秋野さん。秋野さん。何か見えますか。競馬場が見えるでしょう。見えたら右手を一寸あげてください」

秋野画伯が大の競馬狂であることを知っていた狐狸庵はこの長年の友人のため、せめて催眠中でも大穴を当てさせたかった。

「馬が走りました。あっ、コーナーをまわって直線に入ってくる。⑦—③だ。⑦—③。あなたの買った番号じゃないか。大穴。あなた。五十万円の儲《もう》け、五十万円」

この時、突然、今まで深い催眠中にあった秋野さんが眼をあけられた。狐狸庵の術が破れたのである。画伯はその直後、語って曰《いわ》く、

「五十万円なんて言われたって……そんなこと、ぼくの競馬歴で、当ったこと一度もないですからなあ。あの瞬間、夢から現実に戻りました」

すなわち先にものべたように被術者の羞恥心、道徳心に逆らうようなことは催眠術でできぬように、その人の現実にありうべからざることをすると術は失敗するのである。

競馬場に被術者を行かせたのは狐狸庵だけではない。古山高麗雄氏も実験台の娘さんに同じよ

うに競馬場に行かせたのち、五万円を儲けさせた。五万円はまだリアリティがあるから娘さんの催眠はさめない、だが古山氏はこの五万円をどうするか、困りはてて苦しまぎれに次のように言ってしまったのである。

「この五万円を大事に持っていきましょうね。あっ、向うから狐狸庵さんが来ました、狐狸庵さんが貸してくれと言っていますよ。あなたは狐狸庵さんに五万円、貸してしまいました」

我々はその時、一寸《ちょっと》、笑っただけですっかり忘れてしまったのだが、催眠からさめた当の娘さんは、そのあとも、じっと狐狸庵のほうを見ている。それも恨めしそうな眼で見ている。

「どうしましたか」

古山氏がたずねると、思いつめた顔をした彼女は、

「何か、あの方に……お貸ししたような気がして、何を貸したのか忘れましたけど、気になって」

とそう答えた。これは嘘でも作り話でもない。催眠術を少しでもやった方なら、うなずける話である。

狐狸庵たちは今、催眠術の被術者になってくださる女性を求めている。被術者になりながら、一緒に催眠術も憶えたいという妙齢にして美人の女性は編集部まで連絡されたい。

道中粋語録《すごろく》

あけましておめでとう。いかが正月をお過しでしたかな。もっとも正月と言うても、近頃の正月は門松をたてる家も少なければ、昔のように獅子舞《しし》いや猿まわしが来るわけでもなし。三河万《まん》歳《ざい》が戸を叩くわけでもない。

索莫としている。この日だけは東京もいつもとは違うて妙に音がないが、音がないこと、必ずしも久しぶりに静かというのではなく、なにもかもが索莫としている。

その索莫と空虚感を埋めるため、テレビをひねると昨夜からひきつづいて同じ顔の歌手が同じ顔の司会者で同じ唄を歌っておる。いくら狐狸庵が好奇心が強いと言うても、二時間もあれを見ていると欠伸が出てきます。仕方なく庵《いおり》の戸をしめ、ぶらり、京都まで出かけた。

しかし京都の正月は騒がしい。神社は初詣《はつもう》での人に埋まり、嵯峨野《さがの》も大原も詩仙堂《しせんどう》もなにやら女性週刊誌をかかえた娘たちの行列が続いている。近頃の女性雑誌のグラビアは夏は軽井沢、春と秋とは京都ときまっているようで、そのグラビアにうっとりとした娘たちが休みになると蟻《あり》の群れのように集まってくるのである。

いつぞや嵯峨野の天竜寺の庭にこんな立札が出ていた。

「ここからは通りぬけできません。週刊誌Ｊに通り抜けできるように書かれて、寺として大変、迷惑しています。天竜寺」

　そして、その立札の横にもうひとつ、立札が立っていて、

「ここからは通りぬけができません。週刊誌Ｊに通り抜けできるような記事を書き、天竜寺と読者に御迷惑かけて申しわけありません。週刊誌、Ｊ編集長」

　京の宿の窓から賀茂《かも》川が見おろせる。川の向うは黒々とした屋根がひろがり、その先に清水《きよみず》寺の塔がある。東京とくらべて京都はまだ風景だけはのびやかだ。

　京都の人間は心つめたく、心おごれり、などと悪口をよく耳にするが、時折、狐狸庵好みの剽《ひょう》軽《きん》な人物も昔はいたようである。たとえば中納言師時《もろとき》をたずねてきたインチキ聖《ひじり》など、その一人である。

　このインチキ聖は中納言の前で、まこと神妙な声をだして「この仮の世に流転するのも、つまるところ、煩悩に耐えられぬからであります。私などは煩悩を切りすてて、ひたすら生死輪廻《りんね》の境を出離しようと決心しております」と言った。そして「煩悩を切りすてるとはこのことでござります」と呟《つぶや》き、衣の前をはだけて見せた。中納言がびっくりして覗《のぞ》くと、「まことマメやかなものはなくて髭《ひげ》ばかりあり」つまり一物がなくて陰毛だけが生えている。

　仰天した中納言、探求心つよき人だったから家来をよび、この聖の足を拡げさせ、股《また》をさすらせてみた。聖は「南無阿弥陀仏《なむあみだぶつ》」を唱えながら、始めはなすがままにさせていたがやがて、「そのへんで、そのへんで」と逆らいだした。それでも、さすっていると、まもなく毛のなかから松《まつ》

茸《たけ》の大きやかなる物のフラフラと出できて、腹をスワスワと打ちつけだした。中納言も家来もこれを見て、爆笑したが、インチキ聖も手をうって笑ったという。実はこの聖、一物を袋の下に入れて糊《のり》で毛をとりつけ、何くわぬ顔をして物乞いをしていた者だったのである。

また人々の罪障を身をもって救わんため桂《かつら》川に身を投げると宣言した聖もいる。この聖は百日間の法華《ほっけ》懺法《せんぼう》を行なった後に、牛車《ぎっしゃ》にのって桂川の川原に赴《おもむ》いた。その日になると押しかけた見物人で道も歩けないほどであり、中には手を合わせて拝み、散米を霰《あられ》のようにまき散らす者もいるぐらいである。

ところが川原についてもこの聖、キョトキョトとしてなかなか入水《じゅすい》しようとせん。そして供の僧に、

「今は何時ぞ」

とたずね、時刻を知るたびに、

「往生の刻限にはまだ早い。もう少し暮れるまで待とう」

と渋っている。見物人たちのなかには待ちくたびれて帰ってしまう者も多くなった。日が暮れ、真暗になってからこの聖、ようやく西に向い、川にざぶざぶと入ったがたちまちにして舟の綱に足をとられて、ドボンとひっくりかえった。川のなかで見物していた一人の男が助け起すと、聖は水をモゴモゴ吐いて、「御恩はいずれ極楽で」とか何とか言い、陸のほうに急に走り逃げていった。怒った見物人は石を投げつけたが、聖は遁走《とんそう》して姿をくらましたという。

京都の名所旧跡には人々が蟻のように集まっているが、ひっそりとした裏通りには正月二日目

にも人の姿はほとんどない。古い寺の塀《へい》がどこまでも長く続いている。狐狸庵はその路《みち》の向うから、今、言ったようなインチキ聖がおごそかな顔をして歩いてくるような気がして、そういう人物にめぐり会えたらどんなに楽しいであろうと思う。入水すると偉そうなことを言って、結局、川にひっくり返っただけで命がおしくなり逃げ去った聖、煩悩をたち切るといって糊づけで一物をかくし、哀《かな》しげな声をだして物乞いしていた聖——いずれも肩をポンと叩いて苦労されていますなあと狐狸庵、声をかけたくなる人物ばかりである。こういう剽軽な人物が近頃の世のなかからますます消えていく。だから、すべてが索莫としてきたのであろう。

夜、同じ宿に泊りにこられた司馬遼太郎氏とボソボソと話しあう。

「あのなあ」と司馬氏が言う、「京都の郊外の雲《くも》ヶ畑《はた》いうところに志明院いう寺があるねん。知ってるか。そこにものの怪《け》が出るねん」

かつて修験道《しゅげんどう》の行場だったその志明院という寺は、今日でも真夜中になると、宿坊《しゅくぼう》に家鳴《やなり》震動し、何やら光るものが飛びかうだけでなく、遠くから雅楽が聞えてくる時があるという。司馬氏も今日まで何回か泊ったが、そのたびごとにふしぎな目に会ったそうである。

「むかしは京にはものの怪の出るところがたくさん、あったやろ、今、そんなもん出るのはあの志明院だけやろなあ。志明院はだからものの怪寺と呼ばれとるねん」

地図を見ると、司馬氏の教えてくれた志明院のある雲ヶ畑は、京都の北山連峰のなかで人家もほとんど無さそうな山である。たしか奈良本辰也氏の随筆にも、このものの怪寺のことが書かれていたのを読んだ記憶がある。もっとも司馬氏の話によると、この寺院にも最近、電気がひかれてから奇怪な出来事の数はかなり少なくなったというが、それにしても当節、ふしぎな寺の一つにちがいない。この連載中には必ず一度はたずねて、その家鳴震動を聞き、何やら光るものを目にしたいものだと思う。

ものの怪の寺で思いだしたが、幽霊のよく出る英国には、「幽霊屋敷証明協会」とかいう協会がロンドンにあり、ものの怪の出る家から電話があると、協会から調査員が派遣され、あらゆる角度から調べた揚句《あげく》、たしかにふしぎな現象が起ることがわかると、ちゃんと証明書を発行してくれるのである。狐狸庵はロンドンでその話を婆さんから聞いた。

「どういう風に調べるのですか」

という狐狸庵の質問に、婆さま、至極、真面目な顔をして、

「たとえば、変な音がすると言っても風のせいではないかと風の当る具合も調べますし、鼠の走るせいではないかと、床に粉をまきます」

「ほオ粉をまきちらす」

「ええ。翌朝、その粉に鼠の足痕《あしあと》がついていれば鼠のせいですよ」

幽霊がいるか、いないかは人によって意見もちがうであろうが、しかしこういう「幽霊屋敷証明協会」なるものが謹厳そのものの英国人によって作られ、糞真面目な顔をした英国人調査員が派遣され、恭《うやうや》しく証明書が発行されるというのは何とも言えぬユーモアがあって狐狸庵はいたく感じいった。こういう協会を大真面目で設立する人間たちは何か話せる気がする。日本でも心ある士は同じような協会を是非とも設立し、ものの怪の寺のような寺に証明書を発行してもらいた

い。

十年ほど前に狐狸庵、考えるところあって日本中の本当に幽霊の出るという噂《うわさ》の家を歩きまわろうとしたことがあった。「週刊新潮」の「掲示板」にその旨を書いて読者の教示を乞うたところ、その時はたしか信頼のおける返事を五人ほどの方たちから頂戴し、うち三軒をたずねた。その模様は別のところで書いたから、ここではのべないが、昨年、ふたたび同じような問いあわせを「夕刊フジ」に掲載してもらったところ、今度は一通も返事がない。志明院と同じようにこの十年間、日本の至るところに電気がひかれ、ものの怪、幽霊の類いは深山に退散してしまったのか。

ものの怪の寺のほか、狐狸庵が近く行ってみるつもりなのは岩手県の金田一《きんたいち》町にある、某旅館で、この旅館には、夜中に幼い子供があらわれる一室がある。その部屋に泊り、真夜中、ふと眼をさますと、子供が枕元にだって、じっとこちらを見ているという。それも昔の話ではなく、現在もこの現象があると耳にしたので狐狸庵はもう少し暖かくなれば是非、たずねてみたいと思っているのだ。実は今度、そこを訪れてこの原稿の材料にしようかとも考えたのだが、何しろ石油不足の折で岩手県は寒かろうし、狐狸庵、寒さにはからきし駄目だし、雪どけを待つことにしたのだ。狐狸庵と同行したい人は――ただし容貌に自信のある女性に限る――編集部まで御連絡ねがいたい。

寺の話でまた思いだしたが六年前、狐狸庵が三田文学の変酋長《へんしゆうちよう》をやっていた時、一人の女子学生が手伝わせてくださいとやってきた。どことなくポーッとして、古い絵巻に出てくる貴族の娘の引目鉤鼻《かぎばな》の顔だちをしている。出身地は、と聞くと京都だといい、姓は、と尋ねると大谷と答える。

「京都で大谷と言ったら、本願寺と何か関係でもあるのか」

するとと、恥ずかしげにうつむいて、わたしの家が西本願寺です、と蚊の鳴くように呟いた。編集室の若い者は仏の有難さも一向にわからん連中だから、

「なんだ、坊《ぼん》さんの子か」

「はい」

「坊《ぼん》さんの子なら、ふき掃除もお茶くみも馴れてるだろ。採用しよう」

その日から雑誌の束を倉庫に運ばせたり、お茶くみをさせたりして皆でコキ使っていた。もっとも当人、親鸞《しんらん》聖人の子孫の筈なのに、御先祖さまの思想について皆がたずねてもトンチンカンな返事ばかりしているので、誰かが丹羽《にわ》文雄氏の本を買って与えたぐらいである。

コキ使っていた娘が急にお姫さまになるのは童話の「灰かつぎ」だけかと思ったら、そうではなかった。その年の暮、狐狸庵、京都に赴き、祇園《ぎおん》の料亭に知人から呼ばれ、ふと思いだして彼女に電話をかけて、来ないかと誘ってみた。やがて姿をあらわした彼女を、

「西本願寺の娘だとさ」

と女将《おかみ》に紹介すると、女将の態度がガラリとかわって居ずまいをただし、両手をつき、

「これは、お西さまのお姫《ひい》さま」

恭しく頭をさげるのである。唖然《あぜん》として狐狸庵が、

「お姫《ひい》さまて、この子か」

と叫ぶと、女将、たしなめるように、

「何を言うてはります。勿体《もったい》ない。昔から京を攻めるには祇園と本願寺からと申すくらいだっせ」

この会話中、当人のほうは相変らずポーッとした顔をしておもむろにうなずいているだけである。このように、京都とはまこと我々にはわからぬ妙なものの残っている町らしいのである。

正月四日、京都から東京に戻った。連載の第一回に登場した佐藤愛子さんに電話をかけると、たった一人で晦日《みそか》から正月三ガ日を送ったという。お手伝いさんも故郷に帰ったからで、

「あのね。わたしは、この四ガ日をいくら使ったと思いますか、七百円しか使わなかったですよ」

と彼女はまた威張りはじめた。

「晦日に一人になって冷蔵庫あけたら、ジャガイモ一つ、キャベツ一つ、人参《にんじん》二つしかなかったですよ、だからそれを雑炊にして朝たべた残りを昼と夜とに食べて、七百円で四日間を暮しましたよ。あんたら京都、行くなんてぜいたく、きわまる。罰があたるねえ。わたしは四ガ日七百円しか使いませんでした。七百円、七百円」

京都も変な町だが、東京のこのおばさんも変な女である。

介良《けら》町の空飛ぶ円盤

諸君。果報は寝て待て、と言うが、世を捨ててこの柿生《かきお》の里に狸《たぬき》寝入りをする狐狸庵の耳にも時折、怪体《けたい》な話がおのずと持ちこまれるもので、

「爺さん、爺さん」

と居候奴《いそうろうめ》の喜多八が煎餅《せんべい》布団を頭からひっかぶって世のため人のため役にもたたぬことを考えている狐狸庵を叩きおこし、

「起きなさい。外は雪だ」

「らしいな」

腹ばいのまま、喜多八のあけた雨戸の向うを見ると、なるほど夜ふりたる雪は庵とりまく林を真白に変えている。

「起きなさい。妙な話がある」

狐狸庵、あくびを嚙《か》みころしながら、どうせロクなことではあるまいと思うた。喜多八が持ちこむ妙な話はいつも大山鳴動、鼠一匹。どこそこの農家に痴漢あらわれ、女の下着を盗んで遁去《とんきょ》したとか、近くの寺の本堂に野糞をたれた酔っ払いがいたとか、新聞の三面記事にもならぬ出来

事ばかりである。

「なんだね」

「昨夜のテレビをみたか」

「みん」

「テレビで言うておった、空飛ぶ円盤を四国の中学生たちが拾うたと……」

「なにイ、くだらん」

「いや、本当。嘘ではない。その場所もわかっている。拾うた中学生の名もわかっている」

馬鹿々しいと思いながらも喜多八のいやに真剣な顔にどんなことかと布団から聞き耳をたてた。すると話はこうである。

四国の高知市の郊外、高知市介良《けら》の介良中学の生徒たちが空とぶ円盤が地上におりたのを目撃しただけでなく、それを摑《つか》まえたというのだ。その中学生たちは介良中学の森裕詞、藤原貞男、小島慶、葛岡寿明という三年生で、彼等のうち二人が昨夜、テレビに出演してそのふしぎな事実を語ったのだという。

「信じられるか。そんな話」

円盤など雲の影、なにかの光の誤認だと聞いたことがある。別の惑星から飛んでくる円盤の存在など狐狸庵、どうも信用できん。

「しかし、円盤を見たと言うんじゃないんだぜ。その手で摑まえたというんだ」

「兎狩りではあるまいし。摑まえたということ自体が可笑しいワ」

「しかし、その中学生たち、本気でそう語っておった。嘘をいうておるとは、とても思えん」

くだらんと一笑に付してその日は一日、布団のなかにくるまっておった。円盤の存在など、その方のマニアに委《まか》せておればいい、そう考えたのである。だが翌日、

「爺さん。爺さん」

「何だ」

「高知までの切符を二枚、手に入れた。爺さんはまだ高知まで行ったことがなかろうが」

喜多八はどうしてもその中学生たちに会いたいと言う。狐狸庵の若い頃にそっくりで、この男、変ったことがあれば百里の道も遠しとしない。

高知ははじめてである。さぞかし暖かかろうと思うていたら、寒さは東京と変りはなく町のたたずまいも日本中、どこにもある地方都市とそう違いはない。ハリマヤ橋というのも市の中心にあるオモチャのような小さな橋でその下には川も流れてはおらん。土産物屋にはカツオブシにサンゴ、それに土佐犬の玩具《おもちゃ》が並べてある。

その高知市からタクシーで三十分、問題の介良町につく。どこでも見られる風景で畠あり、工場あり、遠くにさほど高くない冬の山がならび、どう考えても別の惑星に住む存在が興味を起す場所とは思えぬ。ここに円盤を着陸させねばならぬ必然性も考えられぬ。もっともそれは本当に地球以外の惑星に生命があり、円盤を飛ばしていると仮定しての話であるがタクシーの窓から冬の介良町を眺めながら、

（本当かいな）

と狐狸庵の疑惑、ますます強まってきた。

しかし喜多八は高知から先にあげた中学生葛岡君、藤原君、森君たちに連絡していて、彼等と

町のバス停留所前で落ちあうことになっていると言う。向うも本気でなければ会う筈はないと主

張する。

いた。いた。自転車にまたがった大きな中学生が十人ほど、バスの停留所でこちらを眺めてい

る。みんな真剣な表情である。

こうしてその夕方、狐狸庵、世にもふしぎな話を彼等から聞くことができた。世界には円盤を

見たという人間は数えきれぬくらい、いるかもしれぬが、円盤を拾うたという少年たちは日本国、

高知市、介良町、介良中学校の生徒たちを除いてはあるまい。

まず彼等が決して嘘、出鱈目《でたらめ》を言っているのではないことは狐狸庵との対談中の表情からもは

っきり言える。そしてそれが一人の幻覚ではないことは十人近い介良中学の生徒が皆この円盤を

見ているだけではなく、その手でさわり、直接、たしかめあっている点でも、また彼等の両親が

二人、この奇怪なる物体を見せられている点でもわかる。

にもかかわらず、狐狸庵、今でもこの話の謎《なぞ》が解けん。読者諸君。本文を読みて、どのように

解釈されるか。考えてくれい。順を追うて話してみよう。

(1)　二年前の九月頃、夜なかに妙に光るものが介良町の田畠の上に飛んできた。その光が落下

してくるのを発見したのは森君の兄弟である。最初はビニールの光かと思ったが、その光は間も

なく田のあぜ道の上、一米《メートル》ぐらいの高さをフワフワと浮いて飛行している。間もなく田の上だけではなく、ゴルフ場の上を飛んでいることもあって、それを目撃した中学生はいくらでもいる。

この九月の二十日、森裕詞君が田圃《たんぼ》に行くと、耕耘《こううん》機がおいてあり、そこから二十米ほど離れたところに、問題の銀色のヘルメットのような形をした物体が転がっていた。空飛ぶ円盤を小型にした形である。こわくなった森君は捨ててあるコンクリート・ブロックをひろって、この物体に投げつけて一目散に逃げたのである。

翌朝、その場所にそっと行ってみると、円盤状の物体はそのまま転がっていた。森君は一大決心をしておそるおそる、その奇妙な物体を家に持ってかえり、藤原君や葛岡君たちを大急ぎで呼んできた。

中学生たちはまず物体をゆさぶってみた。と、なかでシューッ、シューッという音がする。高さや、幅も重さも計ってみた。(高さ約十糎《センチ》、幅は約二十糎、重さは約一・三キロだった)色は銀色で、鋳物《いもの》のようにザラザラしている。しかし底蓋には幾つかの穴があった。穴のなかを虫眼鏡で覗くと、何やらラジオの内側のように見えた。穴のなかに釘をさしこみ叩くと釘はぐにゃと曲ったが穴も少し拡がった。ナットやボルトのような部品は全くなく、分解のしようもない。

そこで中学生たちは穴のなかに水を流しこんでみた。反応はない。もちろん、宇宙人のようなものもあらわれなかった。

ここまでなら中学生たちも驚かなかったであろう。どこかの工場の部品が落ちたのか、誰かの悪戯《いたずら》ぐらいしか考えなかったであろう。だが、ふしぎな現象はこれから始まるのである。

水を穴に入れたあと、中学生たちがこの物体に飽きて放置していると、カニの這《は》うような音が内部できこえはじめた。そしてまもなく底から青白い光が間をおいて光りだした。光を放つ間隔はかなり長い。びっくりした彼等は他の友人にこの奇怪な事件を通知するため、二人の見張りを残して家を出た。ところが、この物体は見張りの中学生が眼を一寸はなした間に忽然《こつぜん》として消え去ってしまったのである。

(2) だが消滅したと思った物体はすぐ見つかった。森君の家の近くの溝《みぞ》の側に落ちていたからである。森君はこれを布で包み、ナップザックに入れて肩にかついで高知まで運ぼうとした。ところが、かすかな物音がナップザックのなかでしたと思ったら、物体はもうなくなっていたのである。

(3) その後、この奇怪な円盤はたびたび少年たちに発見された。拾ったのも森君一人だけではない。葛岡君も森君たちとこの物体をつかまえ、ナップザックに入れて家に戻った。母親は寝ていたが、このナップザックのなかから、彼女も妙な光が明滅するのを目撃している。

今度は逃げられぬように葛岡君は電気のコードで縛り、二階の部屋におき、窓を堅くしめた。ほんの少しの間、座をはずして部屋に戻ると、今度もまたも物体は消え、コードはその縛った形のまま残っていた。部屋はさっきと同じように、しめきったままだった。しめきった部屋のなかから、コードで縛りつけた物体がなぜどのようにして消えたのか皆目、わからない。

(4) 介良中学の藤本恵功君もその目撃者の一人だが、彼は高校の先生である父君を呼んでそれを見せた。父君はこれを叩いてみたが格別の反応もなかったので興味もなさそうだった（藤本君談)。この時も円盤を電気のコードでくくって、ビニール袋に入れておいたところ、消えさってしまった。

以上が狐狸庵と介良で出あった中学生たち(森君、葛岡君、藤本君、藤原君たちを含む)の話の要領である。くりかえすが彼等が荒唐無稽な話をして狐狸庵をだましている気配は全くない。あくまで事実をそのまま真剣になってしゃべっていた。もっとも、狐狸庵が聞き洩らしたところもあったかもしれん。

中学生たちは大人たちが信じてくれぬし、馬鹿にされると思ったのか、警察にも届けていない。化学の先生に話したが、本気にしてもらえなかったようである。介良の町の大人たちがこの事実をどのくらい知っているのかもわからない。しかし当人たちには厳然たる事実であり、当人たちにもどう解釈してよいのか、首をひねっている出来事である。

読者諸君のためにこの話のうち、狐狸庵が解せぬと思うた点を四つあげる。

(1) もし彼等、介良中学の生徒の話が本当ならば、この物体は一体、何であるか。

(2) 物体は多くの円盤観察者の報告や怪しげな写真とちがって、何かの反射や影ではない。形があり、重さがある物体である。それが飛行できるのはなぜか。

(3) この物体から青白い光が間歇《かんけつ》的に出るが、それはなぜか。

(4) この物体がきつく縛ったナップザックから、どのように消えたのか。また一人の中学生の言うことが本当ならば、しめきった部屋、かたく縛ったコードから短時間の間にどうして逃げさることができたのか。

東京に戻って狐狸庵、円盤に関する本を二冊、読んでみた。だがこれらの本に書いてある円盤は介良中学の生徒たちの拾ったものより遙《はる》かに大きなもので、幅二十粍、高さ十粍、重さ一・三キロ程度のものではない。すると介良町に落ちていたのは円盤であろうか。それとも円盤から発射された物体であろうか。

補足しておくが、この話は星の研究家で「未知の星を求めて」の著者関勉氏も知っている。中学生たちが関氏に電話で知らせたからである。

狐狸庵はもしこの小文を眼にした介良町付近の方にお願いしたい。これについて何か心あたりのある方があれば編集部までお知らせねがいたいからである。そして介良中学の生徒たちに連絡してやりたいからである。ただし円盤マニアの方たちからの御回答は今のところ狐狸庵、必要としない。狐狸庵は未《いま》だに円盤の実在については半信半疑であり、目下のところ、この介良町の物体について、円盤以外の知識で究明するのが、まず第一と考えておるからである。

それにしても諸君。狐狸庵があげた四つの疑問にどう合理的な答えを出されるか。実際、目下のところ、介良中学の生徒と同じように狐狸庵も狐につままれた感じなのである。

「爺さん、行ってよかったろうが」

と喜多八は東京に戻ってから、人の顔を見るたびに言う。

「こんな何でもわかったような世のなかでも、まだまだ珍妙にして不可解なことはあるもんだな」

　さすがに狐狸庵も口惜しいがそう答えざるをえない。

「ほれ、見なさい。だから庵のなかでノラリ、クラリするだけが能ではないのだ。ひとつ、昔のようにもう一度、好奇心を起しなさい。金田一町のわらし（子供）の霊の出る宿も行くことだ。京の物の怪寺もたずねてみることだ」

　読者よ。もし、狐狸庵をして好奇心を起させる場所、出来事を御存知ならば至急、知らせてくだされ。読者にかわって早速にも飛んで行くであろうから……。

ハゲたる者をハゲますの記

いかに度量ひろき男もおのが薄き頭髪を人に笑われると、嫌あな顔をする。いかに些事《さじ》にこだわらぬ器量人も年齢《とし》と共に禿《は》げあがる額を気にせずにはおられぬ。酒場のホステスが席につきたがらぬ客はデブよりもハゲだとあるマダムが告白していたのを耳にしたこともある。

「ハゲに悪人なし。ハゲに癌《がん》患者は少なし」などとハゲ同士、集まればたがいに慰めあうが心底、できることなら、往年の黒髪の蘇《よみがえ》ることを願うのである。だが悲しいかな、今日の大進歩せる医学・薬学をもってしてもハゲゆく頭をハゲます薬は発見できず、もしこれを発明する博士あらばノーベル賞、疑いなしと聞いている。

狐狸庵また、十数年前より、薄れゆく頭髪に悶々《もんもん》とし、東に良き毛髪薬ありと知れば直ちに求め、西に名美容師ありと耳にすればその門を叩くことを惜しまなかった。国産の養毛液はもとより、吉田元首相も使ったというスイスの薬まで頭にふりかけ、時には卵の黄身で洗髪をなし、あるいは狸《たぬき》の毛によりて作りたるブラッシにて毎日、頭皮のマッサージも怠らなかった。だがそれらの経験を総合して結論をだせば次のようになる。

一、現在の養毛液はある程度の効果は望めるが、十年前、二十年前のフサフサとした頭髪に戻すことは不可能といってよい。ある程度の効果とは現在の保有量を防禦《ぼうぎょ》することであり、また場合によっては薄き小さな毛を失地帯に発毛させることもある。

二、ブラッシによるマッサージもある程度の効果をもたらす。だがこれは根気と努力がいり、意志つよき人でないと効果は望めない。

したがって全国の薄髪苦悶の紳士は毛髪薬や服用薬による全面的失地回復を望むべきではない。もし全面的失地回復を望むならば、人工的方法——つまりカツラ、と植毛手術しかもはや策はないと考えてよいであろう。

植毛手術は毛のはえた頭皮を剝《は》がし、失地帯に植えつけるという方法だそうで、狐狸庵、昔この専門医の話もきいたことがある。それはたとえば後頭部の頭髪を前頭部のハゲたる部分に丹念に植えつけるもので、アメリカで行われ、日本でも最近、やや望む人も出てきたそうである。

「痛いでしょう」

とたずねると、その医師は、

「まア、手術ですから」

と正直に答えてくれた。それを聞くと、さすがに臆病風にふかれ、この手術をする気がなくなってしまった。

残る方法はカツラ、もしくはそれに類似したものしかない……。

そこでこの霧雨のふる某日、全国の薄髪苦悶中年紳士諸君の悩みを身に背負い、新時代のカツラを作製する有名会社を訪問してみることにした。やはり世のため、人のため、多少は役にたちたいと世捨人も思うことがある。

気づかれていると思うが、007のジェームズ・ボンドを演ずるショーン・コネリーは映画の画面ではふさふさとした栗色の頭髪の持主だが――実はあの人はキンカン頭ときいている。栗色の頭髪は実はカツラなのだ。

もう亡くなられた柳家金語楼師匠の光りかがやく頭に四、五本の毛が横にながれていたが、実はあれもまたカツラだったそうだ。

世間には意外と人に知られず、このようにカツラを使用している人が多い。テレビを長く見続けている人なら、うすうすわかるだろうが、某司会者もあきらかにカツラである。某々司会者もまたカツラだということは、以前の頭髪より急にその量がふえたことで歴然としている。髪薄き者がカツラをかぶることはこれから流行していくかもしれない。

だが、狐狸庵の考えによると、カツラには三つの難点がある。

一つ、値段たかきこと。

二つ、生えぎわがいかにも直線的、もしくは人工的で、カツラだなと見破られやすいこと。

三つ、カツラの毛は生命なく、生命ある本当の毛のなかに挿入《そうにゅう》しても、その光沢のなさで発見されやすいこと。

そのほか、むれる、頭が痒《かゆ》くなると挙げれば個人々々によって不平不満があるやもしれん。

そこで銀座のスキン・ツーペや新宿のアデランスのような有名義髪整形の会社を訪れた時、狐狸庵はこれらの難点を各会社がいかに克服しているかをまず観察してみた。

　白状すると十年ほど前、狐狸庵、一度はこの義髪、すなわちカツラを注文したことがあった。その話は別なところに昔、書いたから詳しくはのべないが、某日、カツラの会社の宣伝員なる人が突然、わが家の門を叩き、カツラのＣＭに出ないかと言うてきた。狐狸庵、断わったところ、その宣伝員、やにわにパラフィン紙にて我が頭を包み、赤マジックにて大きな円を描き、

「数年後には、あなたさまはここまで禿げますナ」

　と威嚇《いかく》した。のみならず、その禿は淫猥《いんわい》禿と言うて、他人から見ると、いかにもインワイにみえるハゲ型だと申す。狐狸庵、仰天し、仰天のあまり、遂にカツラを注文したのは今思えば敵の作戦勝ちであった。ところがその値段が、あなた、何と数万円。

　一週間ほどして、シナ、デキタ、スグ、キタレという電報が届いた。家人にも秘密でその会社に出かけると、頭髪の中心部、四カ所の髪を切り、そこにカツラを接着剤ではりつけた。そしてこの接着剤は強力で、オートバイにのって疾走しても取れませんと言われた。

　その夜、家に戻ってカツラをかぶったまま床についたところ、真夜中、頭が痒い。夢うつつのなかで掻《か》きむしったが、一向に痒みがとれぬ。とれぬのも当り前。うっかりして、カツラの上から、頭をボリボリ掻いていたのである。朝になった。部屋が暗い。一向に夜があけぬ。部屋が暗いのも道理。四カ所の接着剤ではりつけたうち三カ所がとれて、カツラはわが顔の上にかぶさっていたのである。

「こん畜生」

そう思った。カツラは押入れのなかに放りこみ、以後、使用しなかった。そういう悲しい思い出もあるのである。

「ははア」

スキン・ツーペの重役はこの狐狸庵の話を聞いて苦笑し、

「その頃と今とでは、方法もちがいます。カツラは日進月歩しております」

どう日進月歩しているのかというと、今日ではカツラの毛はすべて合成樹脂のうすい人工皮膚の上に植えこまれている（この植えこみの方法が各社によって違うそうで……）。そしてこの合成樹脂のうすい膜を接着剤ではなく、頭の脂でペタッとはりつければ、なかなか取れないだけでない。当人の頭の皮膚の色がそのまま合成樹脂の人工皮膚にうき出て、生えぎわも本物そっくりに見えるという効果があるわけだ。つまり、昔のカツラの生えぎわの弱点はこれによって全く克服されたわけだと言うのである。

「当社では一人々々の頭髪の特徴、性格にあわせて製作しておりますので白髪も混入できますし、毛色、毛質も選べます」

だが、いかんせん、値段は昔より更に高くなっている。昔は八万円ぐらいだったものが今ではやはり二倍にはね上り、十五万円から十六万円。

そして最後の難点——生命のないカツラの髪と生命ある自毛との差、光沢のちがいは狐狸庵の観察ではまだ克服されていないと思えた。

「ポマードをつければ、わかりませんがねえ」

とアデランスの相談室ではそう言っていたが、カツラの鋭い観察者にはこれが、どうしても大きな研究課題に思えてならない。なぜなら、

「こいつ、カツラでないかな」

と疑った場合、相手の髪の光沢を見ればやはり看破できるからである。

「そう、人は注意しませんよ」

しかし電燈や螢光燈の光の当り具合で、カツラの生命力のない髪の光は意外と素人目《しろうとめ》にもわかるのだ。義髪整形の研究所は今後、これをどうするか。

カツラのもう一つの不便は人前でつけたりはずしたりできぬことだ。これにたいし、ここに寔《まこと》にもって珍妙にして愉快なるギモールという増毛器を作っている会社がある。広告によれば、これは薬品にあらず、カツラにあらず、瞬時にして増毛できるという摩訶《まか》ふしぎなもので、狐狸庵、早速、その会社を訪れてみた。

「カツラでもなく、薬品でもなく、瞬時にして増毛できるとはまことですか」

小さな社長室で、黒々とした髪、黒々とした眉の中年の社長さんにたずねると、

「オブ・コース、イエスですな。この私は長年、毛髪液も研究し、カツラにもとり組みましたが、遂に飽きたらず苦心の結果、このギモールを思いついたわけですから」

「瞬時にして増毛するのですか」

「そうです。これは光学と視覚の錯覚を利用したるもので、普通、髪は細長いものだという固定観念を利用し、あたかも本当の髪と思わせるのがギモールなのであります」

闇夜に狐に屁《へ》をかまされた心地で、一体、どのような仕掛けになっているのか、さっぱりわからん、訝《いぶか》しげな狐狸庵に社長は、

「実は私のこの黒々とした髪、眉もギモールで瞬時にして作ってまいったのです。私は六十歳を越えております」

さすがにこれには驚いた。この中年の社長が六十歳代だとはさっきから夢にも気づかなかったからである。

百聞は一見にしかず。早速、鏡の前に腰かけ、ギモール増毛器なるものを見せてもらった。小さな筒である。社長の説明によるとこの筒に小さな細かな毛がギッシリと詰めてある。これを薄くなった部分、多少でも毛の残っている部分にフリカケノリのようにパッパッとふりかける。と、小さな細かな毛は頭皮の脂と静電気作用でへばりつく。薄毛の部分はかくして黒々となるが、他人の眼からみると、あたかも長い髪がそこも覆《おお》っているようにうつる次第で……。

「こうして光学と視覚の錯覚を利用して瞬時に増毛するわけです。世界的大発明ですな」

ごもっとも。まことに珍妙にして愉快なる発明品である。値段のほうもカツラにくらべると、いくらか安く、半年分、使用のギモールの筒が三万円。しかし難点が一つある。

それは全くのツルツル禿や、多少でも薄毛のないところには増毛不可能である。逆に少しでも毛のうすく残っている部分は増毛はできると言える。したがってキンカン頭には向かないのだ。

「ギモールとはラテン語ですか。スペイン語ですか」

「いや、義眼とか、義歯とか言いますでしょう。それで義毛ル」

最後にハゲかかった人はいくら髪を伸ばそうとしても髪の力が弱く、長くならぬことに悩まれるでしょう。その人たちに髪の力を甦《よみがえ》らすために、毛根につまった腐廃物をとり除き、頭皮に活力を与える酸素パーマありと宣伝している美容院を一つ、お知らせしよう。それは渋谷の山崎毛髪美容学研究所。この日、狐狸庵もそこに出かけていってジュバンスなる方法で薬をふりかけてもらったが、気持のよかったことだけは保証する。(果して髪が増髪し、禿がなおるかまでは、何度も出かけねばならぬそうだから、狐狸庵にはわからない)

薬をふりかけると、異様な臭気が漂ってきたが、これは何十年、毛根の奥にたまった腐廃物のガスの臭いだそうで、そういう頭皮は健康色の青みを失っているという。

ま、とにかく、以上のような手段、方法が東京にある「ハゲをハゲます」すべてだと考えてくださってよろしい。諸君、今日も、元気で、朗らかに、働きましょうッ。

仲人はやめられぬ

この頃、気が重いことが幾つかある。その一つはムコさん探しをせねばならぬからだ。ムコさんと言っても勿論《もちろん》、私のムコさんではない。私には娘がいないから自分の娘のムコさんでもない。知りあいから、

「うちの娘にいい人がいたら、ひとつ」

と頼まれることが多くなったからである。年齢のせいかもしれぬ。あるいは狐狸庵なら若い連中をかなり知っているし、それに奴ならオッチョコチョイのところがあるから気楽に頼めると思われているのかもしれぬ。

頼まれるとどうもイヤといえぬ気の弱いところが私にある。写真などあずかると、尚更《なおさら》のことだ。

ところがふしぎにこの頃、ムコさんになる青年が少ない。一時期、男一人に女はトラック一杯などといって、女性に結婚難の時期があったが、最近はまた同じ現象が再来しつつあるのかもしれない。私と同じ悩みを友人の三浦朱門も持っているらしく、

「知りあいのお嬢さんから電話をもらうたびに、何か、まだ見つかりませんかと催促されている

ようで辛い」

とこの間もこぼしていた。

そのせいか、近頃、後輩や仕事で自宅に来る雑誌社の若い人を見ると、みな、ムコさん候補に見えて仕方がない。仕事の上の相手とか、若い友人としてではなく、

「こいつにまだ恋人がいませんように。婚約していませんように」

と心のなかで、まず思うから情けない始末である。だが、話を持ちだしてみると相手は必ずといっていいほどニヤニヤ笑いながら、

「もう、ぼくは約束ずみです」

とか、

「式を三カ月後にひかえています」

などと無情な返事をする。この「閑話」担当の若い編集者M君なども容姿端麗?の上に棒術にも励む文字通り文武両道に秀でた青年であるが、私が縁談の話をするとイヤあな顔をする。まだ結婚など考えたくないと言うのだ。しかしこのような金の卵を放っておく手はない。読者のなかにすばらしいお嬢さまを御存知の方は是非とも彼に手紙を送ってほしい。

この間も何とか苦労して後輩の一人とあるお嬢さんとを見合させたことがあった。ところがこの後輩はヒネクレ者というか、ヌケ作というか、それとも先輩のくせに見合を無理矢理に強要した私へのイヤがらせか、当日、約束したレストランに半時間も遅れてやってきた。しかもグデングデンに酔っぱらってである。あまつさえ、

「ぼくは将来小説を書こうと思っていますから当分、収入の見込みは全くありません。せいぜい、パチンコ屋で景品をかせいでくるのがぼくの働きといえばいえるでしょう」

とか、

「働きがありませんから、結婚してもチャンチャンコの上に赤ん坊を背負って買物籠をもって市場にいくつもりです」

などと相手のお嬢さんと母親にロレツのまわらぬ舌で言い、間にたった私の面目をすっかり潰《つぶ》した。私は何が何でもこの縁談をまとめようと思い、相手方にはかの青年は実に将来性のある、たのもしい男ですなどと前宣伝をしていたのに、である。

「いやア、照れているのですよ。照れ性の男ですから、ああいう言い方をするのですよ」

とあとで私は懸命に弁解をしたが、やはり向うさまから、

「何となく、不安でございまして」

と断わってきた。文学青年など、やはり見合をさせるものではない。

小説家志望の後輩のなかにはもっとインケンなやり方で私の作った縁談をぶちこわした奴もいた。娘さんを紹介して無理矢理にデートをさせると、この男、彼女と二人になってから、

「ぼくは背中から尻まで馬のたてがみのような毛がはえていますが、よろしいか」

などと相手を気味わるがらせ、わざとあちこちの飲屋を飲みあるいて、最後にしめしあわせていた悪友の待っている店に行く。そこでも彼はまたレロレロに酔ったふりをして便所にかくれると、悪友が急にあたりを見まわし、声をひそめ、

「こういうことは言いたくないのですが……申さねばなりません。実は……あいつは結婚できぬ体なのです」

とお嬢さんに囁《ささや》く。

「したがって……他人には絶対、洩らして頂きたくないのですが……あいつはオチンチンが二つもあるのです。むかし入浴した時、ぼくは知りましたが……。可哀想な奴です、オチンチンが二つあっては……結婚できませんよ」

お嬢さんは不幸にして聖心の卒業生であったから男子の人体的肉体的構造については学問的知識が乏しいと思う。しかもオチンチンなどと露骨な言葉を言われただけで、後輩にたいするイメージはすっかり崩れるのも当然であろう。何となく理由をつけてこの縁談を断わってこられた。

近頃の若い連中は手のこんだやり方で先輩をからかうのである。

そういう苦い目を味わわされながら、我々年寄りはなんとか若い方たちの結婚をまとめるのである。これでも狐狸庵、仲人をもう五回もやった。うち三組はたのまれ仲人ではなくて私自身が紹介し、苦心惨澹《さんたん》まとめたのです。

近頃の若い者は何事につけても要求ばかり多いのであるが、これら結婚をまとめた連中が「仲人会」をやってくれと三年前、要求してきた。仲人会とは若夫婦が仲人に挨拶に集まるものと思っていたら、まったく逆で、仲人が彼等を集めて飲み食いをさせる会だという。いくら世の中が変ったと言っても、これではアベコベではないか。

「しかし、どこの会社だって社員慰安旅行は会社持ちですよ」

と彼等は真顔でそう言うのだ。私はふしぎだと思う。なにか割りきれない。割りきれぬまま、この三年、彼等をよんで御馳走している。もっとおいしいところでやってくれと彼等は更に要求している。まるで私が頼んだから結婚してやったんだと言わんばかりである。仲人も本当に大変になりました。

仲人は本当に大変なんですよ。夫婦喧嘩《げんか》の仲裁もしなくてはならないのです。

近頃の若夫婦は華々しい夫婦喧嘩などせず、別れる時はつめたく別れるという説があるが、あれは嘘だ。私の仲人した若夫婦たちは実によく喧嘩をする。

その喧嘩も我々が若かった頃とはちがう。我々が若かった頃はまだ妻には従順な点があってこちらが怒鳴れば向うはひっこんだものです。叩いても口ではワメいても暴力的に女は抵抗しなかった。ところが近頃の若夫婦とくると、新妻が亭主に叩かれると叩きかえす。かみつく。文字通り決戦をするのです。

仲人をしたA夫婦がいつか家に来たのを見て私は驚いた。新妻の手に包帯がまかれているのはいいが、夫の顔にもバンソウコウがはってあった。

話をきくと、こうである。A君は夜遅くまで飲み歩いて深夜、帰宅して玄関をあけたら、

「こいつが玄関にかくれていて、ぼくの眉間《みけん》をグワァーンと叩いたんです」

「それで」

「眼鏡がとびました。眼から火花がとびでる思いでした」

「それで」

「それから夢中です、真暗な玄関のなかで目茶苦茶に撲《なぐ》りあいをやりました」

私の時代にはさすがにこんなことはなかった。我々がどんなに遅く帰宅しても妻たるものはグジャグジャ言っても玄関にかくれて撲りかかってくることはなかった。

私はそれを聞いたから、次に縁談をまとめたB君にあらかじめ、冗談半分で注意したものでした。

「深夜、帰宅したら玄関をあけたあと、前方に注意したまえよ。前方から奥さんが飛びかかってくるからな」

もちろん私は冗談でこれを言ったのである。しかし驚いたことには、このB君には結婚三カ月にして予想もしなかったことが起ったのである。

B君もまた友人とつきあって、真夜中、家に戻った。彼の頭にふと、私の忠告がうかんで、

「前方に注意。前方に注意」

そう呟《つぶや》きながら真暗な玄関をソロソロと入ると、上から落下してきた。彼の新妻が落下して飛びかかってきたのである。なんと、この新妻は私の話を耳にしていたので、下駄箱の上に這《は》いのぼり、夫の帰宅を持ちかまえていたのです。私の若い頃には、下駄箱の上に這いのぼり、そこから亭主に飛びかかった細君など一人もありません。やはり世の中が変ったのでしょうか。

それからこのB君の場合、飲み歩いたあと友人をつれて家に戻り、彼を泊らせたところ、女房から尻に嚙《か》みつかれたという事件もあった。男二人ねている部屋に若い妻が入ってきて夫婦喧嘩がはじまり、毛布の上から夫の尻に嚙みついたのだ。友人は当惑して夫婦喧嘩の間、狸寝入りを

装っていたという。

しかし私の仲人をした若い夫婦は華々しい喧嘩はするが、あとはケロッとしている。昔の夫婦のようにウジウジと続くということはない。そこがやはり現代的なような気がする。仲人としては、たとえ玄関にかくれて夫に一発くらわせようが、下駄箱に這いあがろうが、そのほうが永続きすると安心するようになりました。

仲人として照れくさいのは式の時、花婿、花嫁の紹介を招待客にする時だが、私のように頼まれ仲人でない者は花婿か花嫁のどちらかの今日までにかなり通じているため、

「新郎は〇〇大学文学部を出られた秀才でありまして洋々たる前途を持たれた純粋にして誠実なる青年であり」

と言いながら、心のなかで、

（嘘つけ。バカめ）

と自分に呟かねばならない。

「新婦もまた××女子短大を卒《お》えられ、ピアノ、料理をよくされ」

と言いながら、いつか、この娘の料理を食べさせられた時、そのあまりの不味《まず》さに舌うちしたことを思いだしても、神妙な顔をしていなければならない。

いつか、少し悪戯《いたずら》心を起して花ムコ紹介の時に、

「新郎は慶応義塾大学法学部を一番で卒業され、大学からも研究室に残ることを要望されたのでありますが、学者になることをフリ切って実社会に飛びこまれたのであります」

と言ってやった。本当はこの花ムコ、研究室に要望される慶応大学法学部一番の卒業生ではなくて、学生時代、マージャンばかりやり落第二回の男だったのである。しかし私の悪戯は彼と彼の友だちだけにはわかったろうが、招かれたお客たちは真面目な顔をしてうなずいていた。

一番、困ったのはゲンシュクな披露宴で静寂にしておらねばならぬ花ムコが酔っぱらった時である。これは前記のB君の結婚式の際だったが、

「少しぐらいは飲めよ」

と隣りにいる私がすすめたのをいいことにしてガブガブ、パッパと飲みはじめた。飲みだした揚句、トイレばかり通いだしたのである。花嫁が色なおしもしないのに花ムコは便所通いで客のスピーチの時も姿を消しているのだ。更に席に戻ってくると真赤な顔をして、向うにいる大学時代の友人たちを大声で呼びはじめた。本当に小説家志望者とは困ったものだ。

しかし仲人は金がかかるのです。彼等に赤ちゃんが生れれば、お祝いは送らねばならぬ。仲人会は年に一度はしなければならぬ。それなのに何故、仲人をやめられぬかと申しますと、彼等若夫婦が二人の子供をだいて来てくれるからである。

あどけない顔をしている赤ちゃんの寝顔をみると、

(俺があいつをこの女性に紹介しなければ、君はこの世に生れなかったんだぜ)

と言いたくなる。ちょっぴりとした幸福感がその時、胸にわいてくる。これは嬉しいねえ。全く。

劣等生、母校に帰る

三十余年ぶりに母校、灘中《なだ》(現在の灘高)の校門をくぐった。文化祭で先輩としてしゃべるためである。

先輩といえば聞えがいいが、私はこの灘中での劣等生の一人だった。

「お前は、ほんまに、この学校の屑《くず》やなア」

と三十余年前、教員室でクラス担当の先生に溜息《ためいき》まじりに言われたことがある。その屑が今日、母校に久しぶりに戻ってきたわけだ。校門も校門の前のクリーム色の建物もあの時とは変っていないが、あとは全く見おぼえがない。学校の前にあった松林(そこで私たち劣等生は成績の良いA組の生徒をよく待ち伏せした)も姿を消しているし、その川ぞいの道にタイ焼の屋台の出ていた学校横の住吉川もすっかりコンクリートで固めた川に変っている。昔はそこには月見草が咲き、白い川原に石が転がって、川が流れていたのだ。

灘高といえば今は何やら東大の入学率で全国一、二を争う学校である。しかし私のいた頃の灘中はそんな秀才校ではなかった。カーキ色の制服にゲートルをまいた兵庫県一の神戸一中や三中に入れんかったアカン奴がもぐりこむか、御影《みかげ》の酒造業のボンボンがぼやアッと入学してくるB

クラスの中学校だった。柔道の祖、嘉納治五郎氏が創設された私立中学だったから柔道が正課になっていて「精力善用、自他共栄」という嘉納先生の御言葉が額になって講堂にかかげられているぐらいが特色といえば特色だったのである。

学校はしかし、その頃から神戸一中に追いつけ、追いこせを目標にしていたらしい。らしいというのは、それが学校の方針であっても我々、C組、D組の劣等生にはあずかり知らぬことだったのである。その方針に基づいて学校は毎年、成績順にA、B、C、Dの四つのクラスを編成した。前年、成績優秀なる者はA組に、やや良き者はB組、駄目な連中はC組、しかして箸《はし》にも棒にもかからぬ生徒はD組に入れられたのである。そして私は一年A組、二年B組、三年C組、四年、五年D組と規則ただしく下降していった。文字通り灘中劣等生の一人者として自負できる成績をとっていたのである。「お前は、ほんまに、この学校の屑やなア」と先生が慨嘆されたのも無理はなかった。

だがどんなオトッさんにとっても懐かしいのは中学生時代である。オトッさんたちは今は息子や娘の前では謹厳なる顔をしているだろう。しかしそのオトッさんも三十余年前はニキビだらけの顔をして丸坊主の頭に鞄《かばん》をさげ、先生たちに叱られ、張りとばされていた時代があったのだ。

当時は教師が悪い中学生を張り飛ばすのは当然だった。一日のうちで教室でパシイッという平手うちの音が聞えなかったことはその頃、わが灘中にはなかったであろう。そしてその中でも、最も撲られたのは私だったそうである。（私はそう思わぬが、当時の同級生たちの思い出話によるとそうなのだから仕方がない）

断わっておくが私は別に灘の校風に反対する反逆少年だったのではない。反逆少年なら見どころもあるが、私にはもともと、そんな強い信念など毛頭ない。ただ私のすること、なすことが優等生のすることと、なすことすべて反対だったので、毎日、引っぱたかれたのだと思う。

当時の友人、楠本憲吉の談によると、

「僕がおぼえているのは幾何の試験で『三角形の二辺の和は他の一辺より大である。三角形の内角の和は百八十度である。これを証明せよ』というのを、遠藤は答えとして『まったくそうである。そのとおり。僕もそう思う』と書いた。『なんや、こりゃーッ。遠藤、前に出てこい』パチーンよ、『ぼくもそう思う』と書いたら教師として怒るのは当り前です」

私はその日のことも試験の日のこともまだ憶《おぼ》えている。数学とくると私は全く苦手で先生がコンパスを使って黒板に説明される一語も意味がさっぱりわからない。一体なぜ、三角形の内角の和が百八十度でなくてはならぬのか、二百度でも二百二十度でもぼくの毎日に何の関係もないではないかという心境だった。試験の問題としてそれが出された時、一字も書けぬ私は、前の男の背中をつついて、

「教えてくれえや」

と小声でたのんだ。しかし、相手も劣等生ゆえ白紙の答案を教師の眼をかすめてチラリと見せて堪忍してくれえやと答えるのである。頭をひねっていると、瞬間的に名案がうかんだ。すべての問題に、

「まったく、そうである、そのとおり」

と書けばこれは必ずしも間違った答えではない。正しいことに賛成するのは学ぶ者の当然の行為だからである、私はそう書いた。そして翌日、先生から猛烈な平手うちを食った。その痛かったこともまだ憶えている。

C組に入れられた三年生の時から、私は学校のほとんどの授業がまるで異国の言葉を聞いているような気がした。国語と作文を除くと、物理も化学も数学も日本語でなく、奇怪な記号で先生がしゃべっているような気がした。英語も尚更のことである。特に英語の発音は私にとっては難行中の難行で、なぜナイフをクニフェと発音せずナイフというのか、その根本的理由がどうしてもわからない。京大を出られたという先生も私にリーダーを読ませては、

「それ、英語とちがうやんか。どこの国の言葉やねん。ゼア、イズ、ノ、ホッペとは何や。ゼア、イズ、ノー、ホープやんか。フォーギベンという発音、あるかいな。フォーギブンと読むんや。いくら教えても憶えられんのか」

もう心の底から情けないという表情をされると、劣等生の私として今後、どうしていいか、わからないのである。わからないからこそ楠本憲吉がまだ言うような行動にある日出たのである。

「この人（遠藤）は非常に（態度が）悪かった。先生が『遠藤、リーダーを読め』というと『はい』といって立ちあがって、本を見て読まない。『なぜ、読まんのや』『読んでます』『読んどらんやないか』『ぼく、黙読してますねん』と答えた」

どうせ読んだところで英語の先生を更に情けない表情にさせるのがオチである。しかしリーダーを読む順番がまわってくれば、立たざるをえないし、読まざるをえない。だが先生は読めと

言われたのであって、声をだして読めと言われたのでない、と苦しまぎれに考えたのが、この黙読事件の私の心理だった。先生に反抗する意志は全くなかったが、この時も相当、引っぱたかれた。

三十余年ぶりに母校の建物をくぐった。校門の正面の建物は昔も教員室や校長室があったが、暗いその内部は今も変りない。先生たちと肩をならべて校長室に入ろうとした時、歩いている廊下でふと、ここにフンドシ一つで坐らされたことを思いだした。

「先生。ここで、ぼくは正坐させられましたんや」

校長室から出てこられた勝山校長にそう申しあげると、

「そうか。そんなこと、あったかいなア」

と憶えておられないようである。先生は憶えておられぬが、その日は夏休みの直後で、体操の時間、プールでB組とC組と合同の水泳の練習があった。今のように生徒は海水パンツなどという洒落《しゃ》れたものをはく代りにフンドシをつけさせられたのである。

この水泳の練習がはじまる前、私は飛込台の上にたち、皆の前で飛込みの真似をしてみせていた。私はその時、せいぜい二十米《メートル》を泳げるぐらいで皆もそれを知っていたから、ワイワイ、はやしたてた。

「金づちのくせに飛込みの真似してけつかるワ」

とB組の連中が私を馬鹿にしたから、C組の劣等生たちがいきりたった。何言うてけつかる。

喧嘩する気か。私はこれでもC組、D組の仲間には支持されていたからである。私は自分のために不穏な事がもちあがるのを怖《おそ》れた。しかし、今更やめてや、と言うわけにはいかない。できるのは、いきりたった生徒たちの気をそらすことしかない。必然的に私はある行為をやった。すなわち飛込台の上から、プールの水をめがけてオシッコをしたのである。

「あッ」

と皆は口をあんぐりと開いて私の行為を眺めていた。この時、体操の先生が黒い海水パンツをはいてプールに現われたのである。先生は始めは唖然《あぜん》として私の行為を見られ、それから烈しく怒られた。オシッコのまじったプールの水に入るのはイヤだと皆が騒ぎだしたからでもある。

私はそのまま教員室の前に連れていかれ、廊下に正坐させられた。フンドシ一つの恰好で正坐をしていると教員室から時々、先生たちが出てこられ、私をジロッとごらんになる。また、遠藤が何かやったな、と思われるらしく、きびしい顔で睨《にら》まれる先生もいる。

悪いことにその日はあるクラスの父兄会があった。私が正坐している廊下を、生徒の母親たちがゾロゾロと通りはじめた。みな、ふしぎそうな顔をしている。無理もない。フンドシ一つで男の子が廊下に坐っているのであるから、

「あんた、どないしてん」

母親たちのなかには今の母親と同じようにオセッカイなおばはんがいて、恥じて体をちぢめている私をジロジロと見て、

「どんな悪いこと、したんや」

と聞くのである。本当に情けなかった。飛込台からオシッコをしたと小声で答えると、

「そりゃ、いかんワ。そんなことしたらいかんワ。先生が怒りはるのも、当り前や」

と我が子でもないのにグジグジと説教をするのである。その揚句、

「あんた、瘦《や》せとるねえ。御飯、ちゃんと食べな、あかんよ」

といらんことを言って立ち去ったのだった。

その廊下。その私が正坐させられた場所もそのまま残っていて私は感慨無量であった。

「あんたは、昔とくらべて、落ちついたなア」

と勝山校長は私をしげしげと御覧になって呟かれた。

「カンロクがでてきたワ。昔はほんま、落ちつきがなかった。猫を教室に入れて授業を目茶々々にしたやろ」

そりゃ三十余年もたてば私だって少しは落ちつきが出るのも当然だが、昔の恩師は依然として私を三十余年前のニキビだらけの悪童とお考えになっていられるらしいのである。

「昔のプールはそのまま残っておりますか」

「ああ、残っとるよ」

「校舎はすっかりモダンになりましたねえ。ぼくらの頃は木造やったけど」

兵舎のような木造の校舎の二階で私はやはりD組の悪たれたちと妙な競走をやった記憶がある。三人で二階の廊下の端に一列にならび、オシッコを少し出してから、珍々の先をしっかりつまみ、階下の便所まで駆けていくのである。

「ようい、ドン」

我々は夢中で走りだす。廊下に並んでいたA組、B組の連中はクモの子を散らすように逃げる。マゴマゴして体がぶつかり、オシッコをかけられては大変だからだ。

「どかんかい。この野郎」

「小便かけるど」

大声でわめきながら、しかし必死で廊下の端から端まで駆けていく。皆は大急ぎで教室に走りこむ。

その校舎はもはやなくなってしまった。あれは私が四年の時、火事で焼けたのである。ちょうど夏休み前の前期試験が終って、私は国語以外はほとんど白紙に近い答案しか書けなかったので、成績表をもらうのがイヤでたまらなかったのだ。その成績表を明後日、渡されるという朝、

「灘中、火事。校舎、全焼」

というニュースが飛びこんできた。学校の小使いが校舎のそばにある彼の家にかけた保険金ほしさに学校に放火したからである。

私は学校にかけつけ、真黒に焼け焦げた校舎を見て（幸い、夏休み前だったので生徒にも先生にも被害はなかった）、ひゃアーと思い、同時に、わが無惨な答案も成績表もこの火事で焼けたことを考え、

「小使いさん、有難う」

と呟いたのを覚えている。

だが三十余年後、そんな劣等生はこの灘高にはいないようだ。私は講堂の演壇にたってしどろもどろのスピーチをやったが、生徒は皆、まじめに聞いてくれた。昔の私だったら、そんな講演の時はうしろで、

「阿呆くさ」

そう呟きながら、居眠りをしていた筈である。

出るか、出ないか、みちのくの子供幽霊《わらし》

みちのくの金田一《きんたいち》という ひなびた温泉場に未だに「座敷わらし」が出るという話を耳にしたのはもう四ヵ月前である。好奇心つよい拙者はこういう話を聞くと体中がウズウズするのである。いい年をして、君、もう落ちつきたまえとか、どうももっと重厚な作家になれんのかねと忠告を受けることがあるが、持って生れた性格は仕方がない。暇をみつけてその金田一まで飛んで行くことにした。

座敷わらしとは何か。

御存知ない向きにお教えすると、これは東北に多い子供の幽霊である。そしてその子供の幽霊の出てくる家は福がもたらされる、というから家の守り神とも言えるだろう。

柳田国男先生の名著「遠野物語」をお読みになった方はこの東北の遠野郷に伝わる「わらし物語」について先生の書かれた文章を思い出されるであろう。

「旧家にはザシキワラシと云ふ神の住みたまふ家少なからず。此《この》神は多くは十二三ばかりの童児なり。折々人に姿を見することあり。土淵村大字飯豊《いひで》の今淵《いまぶち》勘十郎と云ふ人の家にては、近き頃高等女学校に居る娘の休暇にて帰りてありしが、或日廊下にてはたとザシキワラシに行き逢ひ大

いに驚きしことあり。これは正《まさ》しく男の児《こ》なりき。同じ村山口なる佐々木氏にては、母人ひとり縫物して居りしに、次の間にて紙のがさ〳〵と云ふ音あり。此室は家の主人の部屋にて、其時《その》は東京に行き不在の折なれば、怪しと思ひて板戸を開き見るに何の影も無し。暫時《しばらく》の間坐りて居ればやがて又頻《しき》りに鼻を鳴す音あり。さては座敷ワラシなりけりと思へり。此家にも座敷ワラシ住めりと云ふこと、久しき以前よりの沙汰なりき。此神の宿りたまふ家は富貴自在なりと云ふことなり」（新潮文庫「遠野物語」二六頁）

私は早速、編集部のM君に今度は東北の金田一に座敷わらしを見に行くと言った。（余談だがこのM君は前々回に書いた「仲人はやめられぬ」に出てくる前途有望の青年であるが、いまだに独身である。これぞという嫁御があったら当人に紹介してやってくだされ）

M君に同行を求めたのは、かねてからこの青年が棒術をたしなんでいると耳にしていたからである。座敷わらしは人に害を与えぬ童子の幽霊ではあるが、幽霊である以上、ウス気味が悪いがな。やはり武道のたしなみのある青年に付きそってもらうほうが心強い。

そのほか、同じ行くならワイワイ、ガヤガヤで行きたいと思ったので、この雑誌を通じてみめ美《うるわ》しい若い女の子で座敷わらしなど、こわくないと思われる方は狐狸庵と同行されたいと要望したのである。だが来た返事はたった二通で、一人は七十すぎの婆さま、――これはこちらでまあ、婉曲《えんきょく》にお断わりしました。もし、わらしが出て、心臓麻痺《まひ》でも起されては大変だからである。もう一通は座敷わらしより狐狸庵のほうがこわいですから行きません、などと生意気な葉書を寄こした女子高校生だった。

金田一は岩手県の北部にある湯治場である。したがって汽車ならともかく、飛行機だと花巻まで飛ばねばならない。

「その……」

飛行場でM青年が拙者に不安げにたずねた。

「その座敷わらしの出る部屋で、ぼく一人が寝るのですか」

「さようである」

「すると狐狸庵山人は……どこに寝るんです」

「私は座敷わらしの証人となる重大なる任務を持っている。したがって心においては君と部屋は共にしたいが証人として隣室で寝ねばならん」

「はア」

M青年は大きな眼鏡のなかで眼をパチパチとさせうかぬ顔をした。彼は「小説新潮」の誌面を充実させねばならぬという義務と、そのために座敷わらしに襲われるという恐怖の板ばさみになっていたようである。狐狸庵にもその苦悩は推察しえたが、しかし仕事は仕事。使命は使命。情によって節をまげぬところが年とったものの若い人にたいする義務というべきで、その義務を守る狐狸庵も立派ではないかな。

花巻に向う飛行機は小さい。同行の秋野画伯と並んだM青年は飛行機は始めてとのことで、まこと蒼白《そうはく》な顔をして座席に腰かけ、

「ぼく、おナカが痛い」

などと一人で呟いている。ははア、座敷わらしに会うのがこの青年、怖ろしいのかと思ったが知らん顔をしていた。

やがて飛行機が羽田上空をとび、関東の山脈をこえて東北に入った。気流が悪いとみえて飛行機が上下左右にゆれる。

「君、何をするのです」

と突然、私の前にいた秋野さんが悲鳴をあげた。M青年が飛行機がゆれるたびに画伯の腕にしがみついているのである。

「やめてください。ぼくは君、ホモじゃないよ」

秋野さんはびっくりしてM青年を押しかえすが、青年は機がゆれるたびに、また、画伯にしがみつく。しがみついたところで飛行機が落ちれば、どうにもならぬのだが、それを考える余裕もないらしい。あとで秋野画伯に聞くと、M青年は、

「お母さあん」

とこの時叫んだそうである。

私は心細くなってきた。彼は果して座敷わらしの出る座敷に一人で泊れるだろうか。私自身は自分がそんなところに泊るのはマッピラ、ゴメンであるから棒術をたしなむという彼を連れてきたのに、これは心細い。

近く東京にも封切される「エクソシスト」という怖ろしい映画がある。一人の可憐《かれん》な少女に悪

霊がとりつくという話だ。その映画の原作翻訳は新潮社から出ているが、実に面白いから読者も読んでみたまえ。私など一晩うす気味わるくて、しかし頁をめくるのが惜しいくらいだった。

それはともかく、この「エクソシスト」の作者が日本に来た時、会って話をした。私はその時、どうも西洋の悪霊は男の匂いがする。男性的である。日本のは女と子供が幽霊になって出る率が多いが、あれはあんたの国、米国では男はいつも女に苛《いじ》められて恨みつらみが多くなっており、日本は逆に女が虐げられているから霊となって復讐《ふくしゅう》に出るのじゃないですか、と言ったことがあった。私の考えでは西洋の悪霊はとりついた相手（主に子供が多い）を道徳的に堕落させようとする。しかもスケベェな発言や行動をさせようとする。つまり西洋の悪霊はもともと性的不満の持主で陰湿な助平男の臭いがするのである。

それにたいして日本の幽霊はスケベではない。とりついた相手を苦しめるけれど、スケベな言葉を言わせたり、淫猥《いんわい》なる行為をさせるということはほとんどない。要するに日本の幽霊はとり憑《つ》いた人間を性的に堕落させることをしないのである。

西洋の悪霊はスケベであり、性的抑圧の変形か、変態的欲望の具現のように見えるにたいして日本のそれはその方では、甚《はなは》だしく正常だ。おそらく、これは西洋人の罪悪感覚と日本人のそれとの違いがあらわれたせいかもしれん。

というような理屈っぽいことを一人で考えているうちに飛行機は盛岡にちかい花巻飛行場についた。

金田一はこの花巻から更に汽車に乗らねばならぬ。列車の窓からみえる六月の岩手県は実にうつくしく、山蒼《あお》くして、雲は白く、紫色の桐の花、可憐《かれん》なコブシの花が車窓をかすめる林や丘に咲き、そのそばに藁《わら》ぶきの農家が点在している。このあたりには戸《へ》という地名が時々ある。戸というのはおそらく辺境にある砦《とりで》を意味したのであろう。文字通り、みちのくに来たという感じがしてくる。おそらく今日、まだ往時のうつくしい日本の田舎をそのまま残しているのはこの岩手県ぐらいなものであろう。

記憶がまちがっていなければこの先に九戸《くのへ》という村がある筈である。関白秀吉が小田原を攻めて、同時に伊達《だて》、南部など東北の諸豪族に帰順を促した時、東北でたった一人、この命令に反抗した一族がいた。九戸に住む九戸一族である。伊達や南部のような大名たちにくらべるとはるかに見劣りする村長さんぐらいの戦国小名である。そのあわれな一族が天下の秀吉に戦争をしようというのだから、これはライオンにたち向うカマキリにひとしい。

九戸一族の動員兵力は五千。といっても本当に戦える兵は千人ぐらいのものであったろう。この五千人で、十万に近い秀吉の軍勢を相手にした。もちろん結果的には敗北したが、秀吉軍はかなりの日数をかけて、小さな九戸城を攻めあぐんでいる。

こんな無謀な戦を九戸一族が敢行したのもおそらく彼等が蛮勇だったというよりは、秀吉の威力にもその実力の程度にも暗かったからだろう。中央の情報は、この岩手県の九戸などにはまだ充分、伝わっていなかったにちがいない。だからこそ彼等は高をくくったとしか思えない。当時はこのあたりは文字通り日本の果てといってよかったのである。

その九戸に金田一は眼と鼻の先にある。東北が次第に開け、電燈がつき、列車が走るにつれ、長い間、家々にかくれ、野や山に住んでいた神や霊は姿を消していって、今は九戸やこの金田一ぐらいにしか座敷わらしも姿を見せなくなっている。文明は「遠野物語」に書かれたロマンをひとつひとつ消していったが、そのロマンの一つが金田一にまだ生き生きと残っているわけだ。

「どうかね、気分は」

と私はM青年に金田一近くなった時、たずねたが、彼は相変らず浮かぬ顔でいた。

金田一についた時は日は暮れかかっていた。緑風荘という宿屋が問題の宿屋で、私たちがその一室に案内された時、既に夕翳《ゆうかげ》の迫った田で蛙《かえる》がなき、アカシヤの林のなかでまだカッコウの声がとぎれとぎれに聞えていた。

この家は金田一の豪農で古いその建物は昔の地主の家の面影を至るところに残している。太い大きな柱のなかには主人の話によると安土桃山の頃から残るものもあるそうだ。

座敷わらしの出る部屋は十畳ぐらいの広さである。湿っぽく暗い。小さな床の間に大黒さまの置物がおかれている。

「いつも、ここに出るのですか」

「はい。出る時は、この床の間の横に立っとるです」

「御主人も見られたことがありますか」

「あるです。わたスの見た時は、電気をつけておった時でスて、うしろに立っておったです。はい。黙って、ものは言いません。着物を着たわらスで、じっと私を見ておったです」

「そのほか、わらしを見た人がいますか」

「何人もおります」

「一時、出なくなったと言うじゃ、ありませんか。そう聞きましたよ」

「はい、一時、出なくなりまスたので、おうかがいを立てまスたところ、どうもこの家は待遇がわるいので、他家に行くとわらスが言ったとか、言わぬとかの話なので、堂を建てておまつりをしたです。スしたら、また出てくれるようになったです」

座敷わらしは家の守り神であるから、わらしの出る間はその家には福がある。しかしわらしが待遇に不満で他家に行くと、その家には不幸がくると考えられている。幽霊にとりつかれて悦ぶというのは西洋ではあまりない。

西洋の怪談では子供は女と共に悪霊にとりつかれやすい相手として出てくる。しかし日本の物語のなかでは子供は大人に福や宝をもたらす場合が多い。桃太郎がそうでしょう。竹取物語がそうでしょう。一寸法師もそうでしょう。座敷わらしの童児も、大人に不幸を持ち来るのではなく、富と栄えを運んでくるという考えの上にたっている。だから、わらしに他家に行かれては困るのである。しかし座敷わらしが待遇改善で春闘ならぬストライキを起したという主人の真剣な話は甚だ面白い。

私はこの緑風荘で座敷わらしを見たという人の体験記を読んだことがある。それによるとまずラップ現象（コツ、コツという音がする）の後に体の自由がきかなくなり、それから、わらしの姿を見たと言うのだ。

夜がふけてきた。蛙の声が時折、宿のまわりから聞えるだけでカタという物音もしない。外は

真黒な闇である。百聞は一見にしかず。座敷わらしの出る部屋に布団を敷いてもらって、

「M君、君、ねたまえ」

M青年の顔はさきほどからますます蒼ざめていたのであるが、さすがはこの雑誌の編集者。雑誌編集の責任感と心の恐怖や不安とが数秒、闘ったのち、

「寝ます」

と敢然として言った。何という立派な態度であろうか。このような健気《けなげ》な部下を持たれた編集長はどんなに嬉しいであろう。私は彼のボーナスが来年、この勇気ある行為によって増額されることを信じて疑わない。

M青年はさすがに真暗な闇のなかでは不安と見え、枕もとの電気をつけて石のごとくじっと横になっている。隣室で私は彼の悲鳴が今、きこえるかと心待ちに待っている。何もきこえない。半時間ほどたって、私は突然一種の恐怖にかられ、襖《ふすま》をそっとあけて中を覗《のぞ》いた。彼は布団を頭からかぶって身じろぎもしない。暗い部屋は陰気そのものだが、わらしの姿はどこにも見えぬ。

「わらスの出た人は将来、金持になるか出世すると言われてます」

と宿の主人は言ったから、M青年の将来のためにもわらしは出てもらわねばならない。私は襖をしめて、しばらく息をこらし証人として、彼の悲鳴を待っていたのだが、

「ムニャ、ムニャ、ムニャ」

という何やらわからぬ彼の寝言をきいただけで、不覚にも眠りに落ちてしまった……。やがて目ざめると既に朝、どこかでコケコッコーと鶏が鳴いておる。

「M君、起きろよ」

とゆさぶるとパチクリ眼をさまし、キョトンとしている。

「出たか」

「は？　何ですか」

私はいや、これでいい、これでいいのだと思った。ふしぎに我々には出なかったが、座敷わらしがこの家に出ることも否定する気持は一向に起きなかった。第一わらしは見世物ではない。向うの身になればサービスで出る義務はないのである。だから諸君たちがもし金田一に行けば、わらしが（もし気分さえよければ）出現しないとは限らない。金田一に行ったら、あの宿屋に泊っても損はないのである。

父親、このリア王

テレビのCMに森繁久弥の扮《ふん》する父親が娘の結婚式をおえたあと、折詰を手にさげて一人、家に戻り、嫁いだわが子の小学校時代の図画を泪《なみだ》ぐんだ眼でみるというのがある。

御覧になった方も多いと思うが、そのなかにはある共感をもって、

「わかる」

と呟《つぶや》かれる人も多いのではないだろうか。

そういう人は娘をもった父親であって、息子を持った父親ではない。娘をもった父親だけが、あのCMを、

「わかる」

と言うらしい。

拙者など娘などというヤヤこしいものを持っていないので、理屈ではわかっても実感の上でピンとこない。娘をもった父親の心理ははたから見ると異常に思えることがあるくらいだ。

亡くなった先輩の梅崎春生氏がある日、私に、

「自分の娘にはサラリーの安いサラリーマンと結婚させたい」

と妙なことを言った。

「なぜですか」

そう質問すると、向うは私を、わからぬのかと言わんばかりの眼つきをして、

「だって、サラリーが安ければ、アパートも借りられんし、まして家も建てられない。必然的に娘はそいつと結婚しても、ぼくの家に一緒に住むだろう。ぼくは娘と別れないですむのだ」

と答えたのである。

その時、私は梅崎春生氏にして、なお、このようなことを考えるのかと娘をもつ父親の心理を、まことにふしぎに思ったのであった。

子供が男の子なら父親は決してこういう気持にはならない。息子が嫁をもらって、たとえ別居しても、彼は依然として我が家の一員という感情が父親に残るからであろうか。それにたいして、いくら家意識がなくなったとしても娘が嫁ぐと、文字通り、他人さまにやってしまったという愛惜の念が父親の胸を去来するからであろうか。とにかく、娘にたいする父親の感情は我々には理解できぬ特殊なものがあるらしいのだ。

私の兄には三人の娘がいる。いずれも年頃である。ところがその姪《めい》たちが、

「あたしたち、大学を出たら、二、三年は社会で働いてみたいのに、それは許さん。すぐお嫁に行け、お嫁に行け、とそればっかし、言うんです。叔父さん何とか言ってください」

若い娘としてはもっともな発言であるから、私は機会をつかまえて、

「どうして、そんなに早く、娘を嫁にやりたがるのかね。もっと手もとにおいておきたくないか。

それなら大学を出したあとも、しばらく結婚させぬほうがいいじゃないか」

そう訊《たず》ねると、私の兄は怒ったような口ぶりで、

「早く嫁に行けというのは、娘を一日でも長く手元におくと、その一日分だけ別れる時、悲しくなるじゃないか」

と言い、私を唖然《あぜん》とさせた。

知人にも同じケースの者がいて、その男は娘の婚約がきまると酒の量がふえはじめた。飲んでおのが寂しさをまぎらわそうとしたにちがいない。

私は悪い男だから、その娘さんに悪知恵をつけた。結婚式の朝、

「お父さま、ながい、ながい間、お世話になりました。ほんとに有難うございました」

と平生とはちがって、三つ指ついて、頭をふかぶかとさげて言いなさいと奨めたのである。私の想像では、そう娘に言われれば彼は必ず泣きだすにちがいない、と思ったからだ。

果せるかな、当日、わが娘に、

「お父さま、ながい、ながい間、お世話になりました。ほんとに有難うございました」

と言われると大の男がそれだけで、もう泣きだしたという。こういうことは娘をもたぬ私などにはさっぱり、わからない。

泣きだすと言えば（私事にわたって恐縮であるが）姪の結婚式の時、私の兄夫婦が式の席上でしきりに眼をぬぐっている。

「おい、みろ、泣いている、泣いている」

と私は女房の足をつついて見物を促し、しきりに面白がっていると、

「そんなこと、言うもんじゃありません」

と私を叱りつけている女房や、兄夫婦の周りの御婦人たちまで、もらい泣きをしはじめた。こっちはまことに面白くって仕方がない。葬式ならともかく、めでたい結婚式なのにシクシクやっているからである。

式と披露宴がすんで甥《おい》や花嫁の妹たちをつれて飲みに行ったが、ころ合いを見て、

「さあ、戻って君たちのパパが泣いているか、どうか見物に行こう」

と兄の家に寄ってみた。そしてその予想はたがわなかったのである。

おそらく、ここまで書くと読者のなかには私に、面白がるなんて悪い奴だ、と腹をたてる人もおられるかもしれない。しかし腹をたてられる方はきっと、私の兄と同じ経験の持主だろうと思う。

父親の心理とはまことに奇妙なもので、私が色々、聞きまわった結果では、娘にボーイフレンドから電話でもかかると、邪魔してやろうという気持が何処《どこ》かに働くらしい。

私の友人に、娘に男性から電話がかかると「おらん」「知らん」「わからん」の三語しか語らぬと告白していた男がいた。すなわち、

「もしもし、A子さんは御在宅ですか」

「おらん」

「あの、何処《どこ》に行かれたのでしょうか」

「何時頃、帰られるのでしょうか」

「知らん」

「わからん」

ガチャリ。まことに娘にとっては迷惑至極な父親であるが、その心情、わからぬでもない。

こういう父親（いや、大半の父親）は平生は、

「早く嫁にいけ。うるさくて、かなわん」

などと言いながら、いざ、当の娘に縁談がきて、まとまりそうになると、

「どうも、あの男はいかん。女々《めめ》しい。なんだ。髪なぞ、長く伸ばして」

と急にケチをつけはじめるものである。そして、その縁談がこわれると、

「早く嫁にいけ、もらい手がなくなったら、どうする」

とまた騒ぎたてるのである。

娘を嫁にやるのは辛い、さりとて嫁入口がなくなったらどうしよう、というのが父親の矛盾した心理である、と同時に彼は男であるから男がどのようにウマいことを言って、おぼこ娘の心をつかまえるか、自分の経験上、よく知っているのだ。めったな男にひっかかってはタマらぬという気持と、さりとて娘に一生、縁談がなくなったらどうしようという不安が交錯しているにちがいない。

余談だが、これは姉妹をもった兄弟の心理によく似ている。遊び人の男ほど自分の妹を友人に紹介したがらぬものだが、それはつまり彼は自分をふくめて男の悪さを知っているので、友人た

ちが自分の姉妹に同じように手を出すのではないかと不安でたまらぬのである。

だがそのくせ自分の姉妹に結婚を申しこむ男を心中、バカと思いながら、いざ申込みがあると、やれやれ、これで助かったワイ、俺が姉妹《やつら》を一生、養わないですんだとホッとするように、娘の婚約がきまった父親は心の一部では、無念さ、寂しさを嚙《か》みしめながら同時にホッとした感情をも味わうらしい。

だがこの日から彼の悲劇がはじまるのだ。悲劇というのはわがものであった筈の娘が突然、婚約者だけに関心を持ちはじめるからである。

女というのは徹底したエゴイストの一面をも持っているから、新しい恋人ができると捨てた男などに全く未練はなくなる。同じように婚約者ができると、

「おい、今日の日曜は家族一緒で街に行こう。何か買ってやるぞ」

などと娘の機嫌をとるべく誘っても、

「いえ、一寸《ちよつと》、頭痛がするからダメ」

前には悦んでついてきた彼女が素気ない態度をとる。態度をとるどころか、婚約者からデートの電話がかかると、頭痛も何処へやら、いそいそと飛んでいくのだ。手のひら、かえされたような口惜《くや》しさを味わわされるのは、憐《あわ》れや、父親なのである。

ある評論家にうかがった話だが、ある夜、彼が宴会の帰り、いい気持で寿司《すし》屋に寄り折詰をつつませた。家で待っている娘と妻とに土産に持って帰ろうと思ったのだ。こういう時の父親というのは、たとえ、それが一時的であっても、すごく身内愛、家族愛、父性愛を味わうものなので

ある。

ところが彼が帰宅してみると、家にあかるく灯がつき、応接間から娘と妻とのたのしげな笑い声がきこえる。娘の婚約者が遊びにきていたのである。

こっちはムッとした。ムッとした気持は我々によくわかる。ムッとして応接間にはいかず、茶の間で着がえしていると、妻が、

「挨拶してくださらないと、娘の顔もたちませんよ。出てくださいな」

と言われた。

しぶしぶ、応接間に出ると、驚いたことに娘は婚約者に、彼の秘蔵のコニャックを出し、そのコニャックを惜しげもなく飲んでいるではないか。彼の怒りは遂に爆発した。

「君はなんという軽薄なネクタイをしめているのか」

途端に彼は娘の婚約者を怒鳴りつけていた。

「けしからん、赤いネクタイをしめるなど実に軽薄である」

ネクタイなどは実はどうでもよかったのである。自分が折角寿司を買ってきた夜に女房と娘とわが家で談笑している男。娘の関心を彼から奪い去っていった男。彼のコニャックを大きな顔をして飲んでいる男。既にこの家の一員であるかのような顔をしている男。許せん。まったく許せん。この気持が、赤いネクタイに触発されて爆発したのである。

話をきいた時、娘のいない私にも父親の気持が非常によくわかる気がした。

「しかし、それからが寂しいのだよ」

と彼は言った。

なにが寂しいかと言うと結婚式が近づくと式や新生活の衣裳《いしよう》や家具について娘が母親とばかり話している、父親は話題の外に追いだされる。それがやはり寂しいのだそうである。

私が少し感動したのは、やがて結婚式がすんで、娘が新婚旅行に出かけ、東京に戻ってきた時、彼が一人、会社をぬけだしプラットホームに娘夫婦の汽車を見にいったという話である。列車がホームにすべりこみ、父親がホームにたっているとは知らぬ娘のトランクを婿が網棚からおろしているのを、そっと見た時、

「ああ、よかった」

言いようのない安心感が胸にこみあげたというのだ。

こういう複雑な心理を父親は息子には決して味わわないであろう。父親は娘にたいしてだけこんな気持を抱くものらしい。そしてその揚句、娘は結局、父親から夫へと移っていくのである。

リア王というシェイクスピアの悲劇は男の子を持った父親ではなく、娘をもった父親の哀《かな》しみを描いている。あれが娘をもった父親の本質だと私はしみじみ思う。

私の先輩に一人の遊び人がいたが、その人は娘が嫁にいくまでは娘と同じ年齢の女は決して抱けなかったと告白していた。だが娘が嫁にいった途端、彼のその心にあった本能的タブーは氷のように溶けて消えてしまったそうである。その気持もなんだか、わかる気がする。

われらの国際交流

周知のようにこの二、三年、わが日本政府もやっと国際交流の重要性に目をつけはじめたのはまことに欣快《きんかい》にたえない。文化の交流、相互間の理解、知識、技術の交換がさまざまな国と日本との間に行われることに反対する日本人は一人もいないからである。

だが外務省や大きな文化団体の国際交流以上に大切なのは個人同士の交流でもあろう。すなわち日本人と外人とがたがいに交際し胸襟《きょうきん》をひらいて語りあうことではないだろうか。

だから、以上のような国際交流を今月は是非、実践してもらいたいという本誌編集部の意向は人類理解に貢献するものであり、さすが識見たかき「小説新潮」であると今更のように感動した次第である。だが編集部にはテレビ「スパイ大作戦」の熱狂者がいるらしく、趣意書の末尾に、「ただし、その実践によって貴君、及び貴君の友人にいかなる被害あるとも、当編集部はいっさい関知しない」

と書いてあったのはなぜであろう。

使命をうけた編集部のM青年はそこで都内において日本人と外人とが国際交流を偶発的にもなしうる方法を研究しはじめた。

その結果、悲しむべきことには現在まで日本人と外人とのたやすくできる国際交流はもっぱら赤坂を中心とした肉体的なものだけであって、本当の意味での交際機関はないということが判明した。だが、ただ一つ、最近、東京に在住する外人留学生や外国語教師のアルバイトとして小さなクラブが作られ、そのクラブに依頼すると、三時間、一万二千円の料金で、外人のお嬢さんが食事やダンスなど高尚なるデートに応じるということもわかった。そこで我々はこのクラブに二人の外人のお嬢さんを派遣してくれるよう頼んだのである。


「それが……困ったことにその二人の外人娘は日本語がまったく、しゃべれんので……」

とM青年はホテルNのロビーで秋野画伯と狐狸庵とにうちあけた。

「二人とも日本に来て二カ月目だそうですけど……」

「と、むこうは何語をしゃべるのですか」

イエスさまのような顔をした秋野画伯、情けなさそうにたずねた。

「スペイン語か英語です。一人はスペイン娘。もう一人は英国娘です」

「はア……」

心細い限りである。狐狸庵は中学の頃、英語の時間は居眠りをする時間と心得ていたし、画伯にいたっては外国と名のつくものは一切、訪れぬという信念の持主である。

「君が……通訳してくれますか」

と我々がたずねるとM青年は、

「ぼくは、大学は語学と関係のない科を卒業したので……」

と首をふった。ということは三人とも全く言葉の上ではお手あげということであり、お手あげで彼女たちとデートをしようというわけなのだ。

だが、ひょっとすると心配はそれほど、いらぬかもしれぬと狐狸庵は思った。三年ほどまえに、ある友人がアメリカに始めて行った話を思いだしたからである。洋食はきらい、ベッドは好まんというこの友人は、洋行が近づくにつれ、その準備を始めねばならなくなった。なにを準備するかというと、まずベッドに眠り、洋食に馴れることである。そこで生れてはじめて都内の某ホテルに部屋をとり、そこで二日ほど生きてみることにした。

ところがベッドと洋食は何とか我慢できたが、かの水洗便所がどうしても駄目なのである。尻を便器につけること自体が不潔な感じがする上に、馴れぬその恰好ではどうしても用が足せない。たまりかねて彼は便器にピョコンと飛びあがり、上にしゃがんだ形で、ようやく始末することができたと語っていた。

その友人が帰国して我々にいうには、

「なに、案ずるより、うむがやすしさ。言葉なんて、意外に通ずるものだよ。タクシーにのって、ツリ銭をもらいたい時も、バック、マニイと言ったら、ちゃんとツリを戻してくれたからね」

そう自慢していたのをこの時、思いだしたのであった。おそらく、我々三人も何とかなるであろう。

待つことしばし。約束の時刻が少し過ぎた時に、ロビーの向うから、背高ノッポの金髪娘と、中背の栗色の髪の毛をした娘とがあらわれた。クラブから派遣された娘さんたちであることは一目みてわかった。

「ヘロオ」

とM青年が近づく。ヘロオまでは発音もよく、態度も堂々としていたが、あとが続かないのがチと残念だった。

「ヘロオ」

「オー」向うはニッコリとしてペラペラとしゃべりだす。「ペラペラ」

「ヘロオ」

「ペラペラ」

こちらはただムッとした顔をして聞いている。ムッとした顔をするのは照れくささと恥ずかしさを誤魔化《ごまか》すためだが、外人はそうは受けとってくれない。妙な表情をしている。とにかくこのホテルNを出て、どこか小料理屋で彼女たちと酒を飲むことにしよう。酒をのめば照れくささも飛び、親愛感もますであろう。

「ゴウ」

ムッとした顔で我々は怒鳴る。とにかく、出ましょうと言いたいのだが、そんな複雑な言い方はできんから、

「ゴウ」

ムッとして歩きだすと、向うは怯《おび》えたような顔でついてくる。ホテルの前のタクシーを指さし、

「タクシー」

「オー、イエス」娘さんたちは懸命に愛想笑いをして「ディス、イズ、タクシー」

あたり前じゃねえか。これがバキューム・カーである筈はないワ。とにかく、彼女たちをタクシーに押しこみ、行きつけの小料理屋に行くことにした。車中、彼女たちは気をつかいペラペラとしゃべる。こちらにはさっぱりわからぬから、何かたずねられるごとに、ただイエス、オー、イエスとだけ答えつづけていると、向うは諦《あきら》めたのか急に黙りこんでしまった。秋野画伯は画用紙をかかえたまま、眼をつむってひとことも物を言わない。

夏の黄昏《たそがれ》だが、むし暑い日である。小料理屋の前にタクシーをとめ、またムッとした顔で、

「ゴウ」

まるで巡査が囚人をつれて歩くようである。娘さんたち（あとでわかったのだが英国娘のほうは学校の先生、スペイン娘のほうは向うの大学生でいずれも夏休みを利用して日本に旅行にきたのである）はもうすっかり、諦めきった顔で、あとに従うだけだった。

とにかく、酔って照れ臭さを排除するのが一番であるから小さい座敷に通ると酒をジャンジャン注文する。その時の彼女たちと我々の会話を記述する。

我々「ドリンク。ドリンク」

彼女たち「サンキュー」

我々「ドリンク、ドリンク」（日本語で）「ねえ、グッド?」

彼女たち「ベリ、グッド」

我々「ユー、ストロング?」(酒、つよいかの意味なり)

彼女たち(怪訝《けげん》そうな顔で)「アイ、ベッグ、ユア、パードン?」

我々(飲む恰好をして)「ユー、ストロング、イエス、オア、ノー」

彼女たち(ようやく了解)「ウイ、ライク、ジャパニーズ、サケ」

我々「意外と意味通じますね。私たちの英語も」

仲居、刺身を持ってくる。娘さんたち、こわごわと眺め、フグサシを指さし、何だと聞く。

M青年「えーと、ディス、イズ……リバー、ピッグ」(河豚《ふぐ》の字より思いついたるならん)

彼女たち「リバー、ピッグ」(ふしぎそうに)「ウイ、ドント、ノオ」

仲居、焼鳥の串《くし》をもってくる。

彼女たち「ホワット、イズ、ディス」

秋野画伯(突然、大声をだし)「コッ、コッ、コッコッ、コケーコッコ」

M青年(日本語で)「秋野先生、これは鶏じゃありません。雀です」

狐狸庵「雀とは英語で何というのかね」

M青年「スワローです。ディス、イズ、スワロー。スワローよ」

娘たち「オー、アイ、スイ」

ところがあとで人にきくと雀はスパロー。燕《つばめ》がスワローで、彼女たちはあわれにも雀の焼鳥を燕の焼鳥と信じてしまったであろうが、そんなことは国際親善に重大な影響を及ぼすものではない。

娘さんたちは礼儀上か、一人々々の職業《ビジネス》をたずねる。

M青年「アイアム、サラリーマン」

狐狸庵「アイアム、オールド、サラリーマン」

だが向うはキョトンとした顔をしている。サラリーマンって英語じゃないらしいね。

酒がまわりはじめた。はじめの照れ臭さも吹っとんで、彼女たちを上野の不忍池《しのばずのいけ》に連れていくことにした。あそこでは今、夜店や植木市や盆おどりをタダで見せてくれると知っていたからである。タダで外人の娘たちを悦ばせるにはそこに限る。

外人の娘たち「ホエア、ユ、ウォント、ゴー」

M青年「ウイ……ウイ、ゴー、ボンダンス」（盆おどり、の意ならん）

不忍池に行くと池のはたに幾十という赤い提燈《ちょうちん》がともり、水にぬれた植木、鈴虫、綿飴《わたあめ》、氷いちごの店が涼しげに並んでいる。諸君がもしこういう場所に外人を連れていって、ひとつ、ひとつ、何かとたずねられたら、どう説明するか。我々のこの夜の経験では次のような訳語で結構、通じたのである。

綿飴（コトン・キャンディ）

氷いちご（ストロベリー・アイス）

おみくじ（オカルト・ペーパー）

植木市の一つ一つの盆栽の木の名をたずねられた時はこう否定形を使って答えてればよい。

「ディス、イズ、ノット、サボテン」（これはサボテンに非ず）

杉でも紅葉でも姫りんごでも、みな、

「ディス、イズ、ノット、サボテン」

こう答えていると向うが諦めて黙ってしまうから便利である。鈴虫や甲虫《かぶとむし》を指さされた時も、

「ディス、イズ、ノット、ア、バード」(これは鳥ではない)

と言えば向うは日本人の機智に笑いだし、二度とたずねなくなるし、横で聞いていた鈴虫屋のおばさんが、

「旦那はペラペラだねえ、英語が」

とまじめに感心してくれた。照れくささや恥ずかしさをすてると臨機応変、外国語なんて五十語おぼえれば何とかなるものだとつくづくわかるであろう。

彼女たちの話によると、アルバイトでやったこの仕事の日本人客はたいてい恥ずかしがり屋か、自分の英語のうまさを誇示しようとする気障《きざ》男が多いそうで、そのくせ、終局はホテルにつれていこうとするそうだ。

だからストロベリー・アイスをのませ、植木屋を見物させて、それ以上、何も求めず、

「では、サンキュ、ベリマッチ」

と引きあげようとする我ら三人に彼女たちはいたく感激し、もう料金はいりませんとまで言いはじめたのである。だが日本男子の心意気をみせるべく、M君が、

「ノー。ビジネス、イズ、ビジネス」

カーネギーのような言葉を言い、規定料金を惜しげもなく払ったのはさすが「小説新潮」のヤ

ング・エリートだなとしみじみ心うたれた。ために外人娘たちはさらに感激し、ペラペラと何かを言っていたが、このペラペラはわが想像では、

「本日、はじめて、日本のジェントルマンに会った。故国に戻ってこのことを伝えましょう」

という意味かもしれない。なにしろペラペラのなかにジェントルマンという発音が聞きとれたから。

娘たちを車で送る途中、ジェントルマンの一人である秋野画伯が突然、

「バック、ゴーゴー。バック、バック、ゴーゴー」

と叫びはじめた。私でさえ画伯が何を言わんとしているのか首をかしげたぐらいだから外人娘たちには何のことか理解できなかったにちがいない。文字通り解釈すると、バック、バック、ゴー、ゴーは戻れ、戻れ、進め、進め、進めになるからである。

この矛盾した奇妙な英語によって画伯が何を言わんとしたか、即座にわかった読者がいたなら、その人はもうどんな外国に行っても大丈夫だろう。

「秋野さん、あの英語で、何を言おうとしたのですか」

とたずねると、画伯は少し情けなさそうな顔をして答えた。

「もう一度、街に戻《バック》って、ゴーゴーをおどりに行こうと言いたかったのです」

楽しきかな、対談

私は対談が嫌いではない。嫌いどころかむしろ好きなほうかもしれない。なぜ対談が好きかというと、そういう機会でないと意外な人とは会えないからである。世のなかには変人、奇人と言われる人がいるのに、そういう人と一度も話をかわさぬのは生来の好奇心旺盛《おうせい》な私にとって大変不満なことなのである。文壇の人とは何らかの形で顔をあわすことができる。しかし文壇外の人と話をしたいと思っても、そうチャンスはあるものじゃない。

だから対談を引きうければ、雑誌社か新聞社の世話でそういう人と会うことができる。私が対談が好きなのはそのためなのである。

今日まで対談をさせていただいた方の数はちょっと数えきれない。職業もいわゆる俳優、歌手から大きな会社の社長、政治家、冒険家、ヌード・ダンサー、占師などさまざまな方にお目にかかった。

この間は上野の乞食のH氏と話をした。もっともH氏に言わせると乞食とは食を乞うと書くが、現在、食など乞わなくてもゴミ溜《ため》をのぞくといくらでも捨ててあり、それを探して歩けばいいのだから、求食巡回労働者と呼ぶべしとのことである。

この乞食氏、さっぱりとしたワイシャツとズボンをはいてあらわれた。ワイシャツもズボンも路《みち》で拾ったのだそうである。ズボンには警視庁という判が押してある。なぜ警視庁という判があるのか、わからないという。

靴だって靴屋のゴミ溜をみると、沢山捨ててあって、むしろ自分の足に合うのを見つけるほうがムツかしいそうだ。

「私、今日は、二日酔いでして」

と我々より色つやのいいお顔をなでながら呟《つぶや》かれるので、

「へえー。お酒も毎日、飲めるのですか」

とたずねると、大きくうなずき、

「酒と煙草は毎日、かかしたことがありません」

夜になって上野、浅草のキャバレーにコーラの瓶《びん》をもっていくと、客が飲みのこした麦酒《ビール》やウイスキーを棄てる代りに、どんどん瓶のなかに入れてくれるそうである。煙草だって少しだけビールで濡れたのを我慢すれば箱ごと、もらえるという。

「歩けば何でも拾えます。駅に行けば週刊誌や新聞は屑籠《くずかご》のなかに放りこんでありますから、毎日、各紙を熟読いたします。サウナ風呂のゴミ溜には一回つかったきりのカミソリが沢山捨ててありますから顔もきれいにそって、こざっぱりできます。食べものもキャバレー、飲食店がドンドン捨てますから不自由しません。ただ国鉄のストライキの日はキャバレー、飲食店も休みになりますので、我々は国鉄のストライキに反対であります」

ははあ、こういう国鉄ストライキ反対もあるのかと私もその時、はじめて知った。なにか御不満はありませんかとたずねると、この乞食のH氏はきびしい顔をされ、

「三つ、あります」

「なんでしょうか」

「ひとつは、国民がゼイタクすぎます。物をパッパッとすてすぎます。これはけしからんことです」

日本国民は近頃、食べものでも靴でもパンツでも、まだ使えるのにすぐゴミ溜にすてる。それは乞食をやっているとすぐわかる。まことに慨嘆にたえぬのであるという意味である。国民諸君、少し気をつけたまえ。

「第二は近頃の若い者の道徳的堕落です」

「ほう、どんな風に？」

「昔は乞食のものを盗む奴など考えられませんでした。しかし最近はベンチで昼寝している我々の袋から物を失敬する若者がいます。けしからんです」

これにはさすがに私も驚いた。なんと乞食から物を盗む青年が多いとはなるほどH氏が怒るのはムリもない。だが第三番に驚いたのは、深夜、これら乞食氏たちに言いよってくるホモ紳士がたくさんいるということだ。世のなか、まったく我々が考えている以上に奇怪な現象があるのである。

この乞食氏と対談したあと、同行の秋野卓美画伯と新聞社の自動車に乗ったのだが、そこで一

寸した珍事件があった。秋野画伯は現代の若者スタイルで髪ボウボウとはやし、髭《ひげ》ボウボウとのばし、すりきれたジーンズの上下を着ておられたのだが、新聞社の運転手さんが、こざっぱりとした身なりの乞食H氏ではなく、髪も髭もボウボウでジーンズの上下の秋野氏を乞食とまちがえてしまったのである。この珍なる誤解から考えると、昔の乞食スタイルを今の青年たちが有難がって真似しているということになる。こういう事実も実際に対談をやってみねばわからない。

世のなかには色々な職業があるということを知ったのもこの対談のおかげである。大阪にはむかしモテサセ屋という商売があって、バアやキャバレーで一向にもてない男から金をもらい、その客を「若社長」だとか「大きな店のボンボン」だとか言って、ホステスたちの関心をひくように持っていく商売があると聞いたが、対談で私があったのはやはり大阪から来たシャベリ屋という商売をしている男である。

この男、別に歌を歌うのでもなければ、踊りを踊るのでもない。飲み屋で飲んでいる客の横にすわって、ただ、しゃべるだけである。客がスキーの話をしろと言ったらスキーの話を、女の話をしろと言ったら女の話を、スキヤキの話をしろと言ったらスキヤキの話をするのである。

それも落語家のように落ちや山のある話をしゃべるのではない。ただ口から出まかせ、ペラペラとしゃべる。それだけである。それだけで一分間、百円を頂戴《ちょうだい》する。

「それで……百円払う客があるのですか」

と聞くと、結構、ありまっせ、と言う。なるほど、彼自身、独り身だがアパートで暮しているところをみると、飲み屋にはこのシャベリ屋と称する男に一分、百円を払う妙なお客がかなりいるのだとよくわかり、日本人、いまだ希望ありの感をふかくした。

対談の相手はできるだけ手垢《てあか》でよごれた有名人とはやりたくない、と言うのが私の希望である。今はもうテレビや映画の若いスターや歌手を対談の相手にお願いする気が起らない。なぜなら彼女たちはほとんど一人で来ずにマネージャーと称する男が必ず付添ってきて、別にこちらが招いたわけでもないのにデンと横にすわり、当の女性と話をかわしているのに、ウカツなことを彼女が口走りかけると、あわてて横から余計な口を入れるからである。そしてマネージャーや宣伝部の人が横にいると、スターや歌手も監視されているように、暗記してきた、当り障りのない話しかしてくれないのである。つまり宣伝部で作ってもらった会話集をそのまま答えるわけである。そして彼女が言ってはならぬことを口にしたり、イメージ・ダウンになるような話をしはじめると横のマネージャー（もしくは宣伝部の人）がすぐそれを訂正するので、対談はつまらなくなる。

たとえば私がMという女性歌手と対談したことがあった。その時、彼女はかなり懸命になって優等生のような毒にも薬にもならぬ返事をしていたが、突然、わたしはジャーナリズムの毒ベロになれていますと発言した。

はて？　毒ベロとは何じゃろ、と私は思った。そこで、

「毒ベロって、隠語ですか、芸能界の」

とたずねた。

「いいえ」

と彼女は答えた。この時、あわててマネージャーの人が小声で、毒舌《どくぜつ》、毒舌と彼女に教えた。

ははア、そうかと私も了解したが、こんな余計な訂正を口に出してもらいたくないのである。毒舌をドクゼツと読めず、更に彼女の頭のなかで舌とベロとが混同して毒ベロとなったのであろうが、そういう混同のしかたに今のタレントさんたちの日本語にたいする感覚が出ていると思うのに、マネージャーが余計な訂正をするのである。

手あかでよごれた対談者のうち最たるものは勿論《もちろん》、政治家である。理由は言うまでもない。どこかに作為があって、演説をぶつこと多く、ちがった世界の者としみじみと語りあうことがない。しかし、一対一でなく、政治家の家族を一人、そこに加えると意外に素顔をみせる場合もある。いつだったか、田中角栄氏がまだ幹事長になったばかりの頃、対談したことがあった。角栄氏は演説をぶちはじめていたが、その時、用あってお嬢さんが座に加わられた。お嬢さんは私に自分は新劇の女優になりたいが父が許してくれませんと言われた。私はどうして反対されるのですかとたずねた。それから私の見ている前で親子の口喧嘩《くちげんか》がはじまった。角栄氏は今までの演説口調をガラリと変え、真剣になって、

「いいえ、いいえ、お父さんはね、あなたにちゃんと結婚してもらいたいのです」

と令嬢を丁寧な言葉遣いで説きはじめた。娘は首をふり、父親は更に懸命になり説得しようとする。どこの家庭でもある親子の口論だが私にはさっきまでの角栄氏の演説や表情より、この時の父親らしい素顔のほうが、はるかに興味深かった。

占師とも何回も対談した。時には同じ質問を幾つか用意して何人かの占師にたずねてみたこともあるが、いずれの回答もちがっていて、私はそれ以来、占師は信用できなくなってしまった。

そのことを小さな随筆に書いたら何カ月後かの占師たちの機関誌に、私の悪口がのべられていたが、更にこの男の運命は晩年、悲惨なものになるであろうと予言してあったのには爆笑した。

占師には二種類あって、一つは自分の言っている予言に本当は自信のない人、もう一つは本気で信じている人である。前者は対談していても、人の顔色をうかがい、その顔色によって返事を変えたり、きめたりするからすぐわかる。後者はどんな突飛な話でもビクビクせず自信をもって話を続けてくれる。たとえば女優で霊感のあるH嬢はどんなところにも霊がウョウョいると言い、デバカメは死んでも便所や女風呂をのぞきまわっているのですと信念をもって語っていた。そして自分は便所に入ってもすぐ、窓から覗《のぞ》いている霊の姿がみえるので、見ないでくださいと呪文《じゅもん》を唱えてから入ると自信をもって語っていた。占師や霊媒と対談する時はこういう信念の持主のほうが好ましい。

すがすがしい対談者にあった時はやはり後味がいい。

いつだったか北海道の動物園で獣医も見放した病気のインド象をもらい受けた男の人と会った。その人の仕事は剝製師《はくせいし》だったので、どうせ助からぬその象を剝製にしようというのが動物園の注文だったそうである。

だがその人は、象があまり可哀想だったのでもらいうけ、自分の家で飼いはじめた。幸い場所は北海道の原野なので不足はなかったが、足のもう動けぬ象をトラックにのせて連れてかえり、毎日、その萎《な》えた足をマッサージしてやり、注射してやり、懸命に看病したが、なかなか治らない。

だがある夜、眠っていると、すさまじい物音がして、寝ている窓からヌーッと象の鼻が入ってきた。歩けるようになったその象が小屋から出てきて、彼のところに知らせにきたわけである。

この象と男との話は聞いたあともすがすがしく、気持よかった。その後、この象はたしか余生を送るため暑い国に寄付されたと聞いたが、どうなっているだろうか。

対談中、相手に叱られたことがある。日本一ケチな人と言われている大阪の某氏で、この人は、私がマッチをすって煙草に火をつけていると、

「早う消さな、あかんがな」

と大声で叱った。

「早う消して溜《た》めておけば、そのマッチの軸かて、ツマ楊子《ようじ》にもなるし、台所の付木《つけぎ》にもなる。なぜ無駄に燃やしはりまんねん」

この時はおそれ入りましたと、私も心から頭をさげざるをえなかった。

わたしの健康法

近頃はそうでもなくなったらしいが、昔は小説家などに娘をやらないというのが世間の常識であったようである。小説家といえば、病気、貧乏、遊蕩《ゆうとう》の三つを背負ったバイキンのような存在だと世の人は思っていたからであろう。

今はどうか。貧乏、遊蕩の二つは別として作家、必ずしも病気持ちとは限らない。それは何よりも結核という病気が治るようになったからである。私なども一昔まえなら、もうあの世に行っていたに違いないこの病気を患ったが、医学の進歩のおかげでどうやら一命をとりとめ、今は人の三分の二人前ぐらいはどうやら動けるようになった。

どんな仕事にも健康が必要なのだろうが、文士だって同じことである。私の経験によると三十枚の小説を懸命になって書くと目方が一キロか一キロ半、落ちることが多い。書いている間はむやみと煙草をふかして、食事もよく取らない。そんなためもあるのだが、それより精神的にエネルギーを消耗するからであろう。（この話は誇張ではない。同業者が聞けばうなずく筈である）

だから小説家のなかにはつとめて体に注意する人もいる。剣道をやったり、ゴルフをやったりして足腰を鍛える人もいる。しかし私のようにまったく運動らしい運動もせぬ者も多い。

「そんなことをしていたら」

　と十年ほど前のある日、ある先輩が私に忠告してくれた。

「年とってガンにかかるぞ。少しはゴルフぐらい、やったらどうだ」

　そしてその先輩は私を練習場につれていった。フォームというのを教えてくれ、クラブをわたして球をうって見ろと言う。何だ、こんなもんと思って私はクラブをふったが、いたずらに空を切るだけで、足もとの球は嘲笑《あざわら》うようにこっちを見ている。私はゴルフが嫌いになった。

　それでも何年か後に、先輩たちが親切心からゴルフ場につれていってくれた。もうサンザンな恰好で、地面はほる、空ぶりはする。キャディがあきれ果てて、ひそかに何かを囁《ささや》いていた。それでも一寸《ちよつと》でも球があたると先輩たちが、

「球にあたったじゃないか。その意気、その意気。お前もいつかはうまくなる」

　と言ってくれた。

　いつかはうまくなるのかなア、と本気にしてハーフが終ったあと（最後は何もせずブラブラと皆のあとをついて歩いた）ロッカーで靴をはきかえていると、向うのロッカーのうしろで声がする。

「遠藤をつれてきて、疲れましたなア」

「そうですよ。ゴルフ場であいつを怒れば、ふくれるし、おだてれば、つけあがる。いや苦労しましたよ」

　私はそれを聞いて、もう一生、ゴルフなどやるものか、と思った。

　しかし運動をせねば足腰が弱くなるぐらいわかっている。書斎ではむやみと煙草をすい、夜、

つかれを誤魔化すために酒をのむ生活がどんなに宜しくないかもよくわかっている。しかし運動神経がないから運動するのはイヤだ。

せめて散歩でもしようと、ある日から思いたって犬をつれて近所を歩きまわることにしたが、うちの雑種の犬は雑木林のあたりにくると、急に四肢をふんばり、いくら鎖を引張っても動かなくなる。のみならず、あたりをかぎまわり、ぐるぐると体を動かし、こいつ一体、何をするのかと思うと、妙な恰好をして排便するのである。排便するのはいいが、その時、白眼をむいて人の顔をみる。その表情が何ともいえぬコンプレックスがあって、何か生きていくのが嫌になるような感じを私に与えるのである。そのため犬をつれて散歩に行くのもやめてしまった。

自分の手足を動かさず体を丈夫にする方法はないかという怠け心が、私にそれ以後、随分、妙な医療道具をかわせた。

ある日、人から奨められて真黒な火山岩みたいな石を幾つか、買った。この石を風呂のなかに入れておくと、なかから磁気（か何かわからない。なにしろ神秘的な気体）が出て体の病気をすべて治すというのだ。

これなら、こっちが動かなくても丈夫になるというわけだから、早速、それを風呂桶《おけ》に放りこんだ。

ところが、これが裸の尻にあたると痛くって仕方がない。のみならず一度、風呂桶にバチャンと飛びこんだ時、したたか足と石とがぶつかって、傷さえつくってしまった。だが磁気が体にまわると思えばこそ我慢していたのである。

半年ほどして新聞を何げなく読んでいたら、ただの火山岩を売りつけていた男の記事が出ていた。なんと私の持っているあの石のことではないか。まったくのインチキで体には害にもならぬが薬にもならぬということがわかり、そんな物を高い金を出して買った自分が口惜《くや》しくってならなかった。

そのあと電気アンマ椅子という物を買った。これも体に電流が通って健康にいいと聞いたからである。だが椅子に横になると、ブルブルと体がケイレンして気持わるくて仕方がない。半月ほど使って放ったらかしてしまった。

これではいかん、と考えた。そこでデパートに行き、腕力を強くする道具を手に入れた。金属の棒で、両手に握って、くの字形にまげるのである。これを二十回以上は曲げてくださいと説明書に書いてある。夜、仕事を終えてから早速、実行にとりかかった。

四回、五回、八回、十回、かなり力が要るが何とかできた。十二回、十五回、二十回ときた時は相当、腕がくたびれてきた。

二十回をやって、そのままでやめればよかったのに、調子にのって三十回まで続けてみようと思ったのがいけなかった。二十何回目、歯をくいしばって頑張っていた時、汗の出た右手が金属の棒をつるりと滑って離れたのである。

その瞬間、くの字に曲げた金属棒の先がグワーンと私の顎《あご》にぶつかった。ちょうど拳闘選手に強力なるストレートをぶちかまされたのと同じだった。私は脳をなにかが貫いたような感じになり、一瞬、気を失った。完全なノックアウトになったのである。

以来、この金属棒も放りだして今は埃《ほこり》まみれになっている。

これほどではないが、買ったあげく長続きもせず、現在私の仕事場に放りだされている体操器具は左のごとしである。

一、室内自転車
二、ブルーワーカーなる金属の棒
三、ボート漕《こ》ぎのような体操道具
四、握力をつけるための器具

つまり飽きっぽい私にはこういう体操道具は向かなかったのである。

体操道具を諦めたので、今度は体を丈夫にする食べもので健康になろうと考えた。人にすすめられて青汁というものを飲んだ。これはもう飲みにくいなどと言うものではなく、鼻をつまんで一気に流しこむ液体だった。一カ月ぐらい飲んでいるうちに、体にブツブツができた。どうやら、私にはこの青汁によってアレルギーが起きたらしい。

青汁をやめて笹の葉からとった液体をミルクにまぜて飲むこともやった。これは血液をアルカリ性にして癌《がん》を防ぐと友人に教えられたからである。

精力料理と聞いて、浅草にマムシを食いに行ったこともある。籠のなかに生きたマムシがたくさん動いているのを一匹、とりだして鋏《はさみ》でその首を切り、血を盃《さかずき》に入れて飲まされた。同行した若い者の手前、

「うめえ、実にうめえ」

などと叫んでいたが内心、気持わるくて逃げだしたかった。マムシのかばやきはともかく、青虫のカラあげが出てきた時は箸《はし》を投げだしたくなった。これもその後、二度と行っていない。

この間、神田の自然食を食わせる食堂に出かけた。外人がやっている店で、薬をつかわない日本酒や豆腐を食べたが、おいしいというより、体のために食べているという感じだった。毎日、三度自然食をとって長生きするぐらいなら、多少、早く死んでもいいから、うまいものを食いたい、とその時思った。

というのは今、私がつづけているのは、大豆を粉にしたものに蜂蜜《はちみつ》と牛乳をかけて食べる自然食だったからである。これは昼かかさず食べている。スプーン一杯の粉を牛乳でとるだけだから、私の昼食時間は一分か二分で終ってしまう。時間の経済にはなるが、家族が一人前のものを食べているのに自分はなぜ、こんなものだけを口にせねばならぬのかと恨めしくてならぬ時がある。その上、三時ごろになると腹がすいてたまらない。スプーン一杯の粉だけが昼食なのだから、仕方がないのである。

「人間は死ぬもんじゃありません、自殺するもんですよ」

と私の主治医はいつも私に言う。つまり酒、煙草、夜ふかしで人間は自分の生命を冒しているというわけだ。私もその自殺を行いつつある現代人の一人であろう。本当は酒をやめ禁煙し、夜ふかしをやめるのが最上の健康法とは知りながら、それを実行せず、大酒をくらい、煙草はプカプカ、それで今のべたようなインジュン、コソクな方法で健康を保とうというのだから、三時頃腹がすくぐらい我慢すべきかもしれない。

散歩さえしない怠けものの私を見るに見かねて、ある日、ダンスを奨めてくれた人があった。

「ダンスのレッスンをうけると楽しみながら全身運動をやることができます。是非、おやりなさい」

私はそこで若い友人たちとグループをつくってダンスを習うことにした。そして、このことを同業者の北杜夫氏にも奨めると（というのは北氏は私よりも体を動かさず、歩かぬからである）彼はせせら笑って、

「ダンスですか。わたしは戦後、仙台ではおどりまくったですな。そのわたしが今更、ダンスを習う必要はないです」

と言った。

たかがダンスぐらいと思ったが、なるほど二時間なら二時間、鞭《むち》をもった若い先生の言う通り、真面目にやると、これは（私にとって）かなりの重労働で、家に戻ると足がガタガタする。

それでもこれは体のためだ、という気持と、まア、若いお嬢さんと組んでおどるのが嬉しくて、かなり一生懸命に練習をした。訓練というものは怖ろしいもんで足のくたびれも五回、六回と通ううちに少なくなり、

「お年のわりには頑張りますわね」

とパートナーのお嬢さんにおだてられてワルツ、タンゴとおぼえ、かなり高度な技術も教えてもらった。

そこで、このことを畏友《いゆう》の佐藤愛子さんにうちあけると、彼女は自分が一度、相手をしてあげようと言ってくれた。

「わたしはね」と彼女は言った、「北杜夫にもダンスを教えたですョ。でもあの人はダメやねえ。曲がなっても、これはタンゴかブルースかとそっと、わたしに聞くのですよ。それに、わたしが小声で、ワン、ツウ、スリー、と声をかけないと、あの人、足が出んのですよ」

私はその言葉を聞いて、ダンスはおどりまくったと呟《つぶや》いた北杜夫氏当人の言葉を思いだし、はなはだ当惑した。一方の言を信じれば相手を裏切ることになるからである。

とにかく、ある夜、彼女と私の若い友人を仕事場に招いて、小さなダンス・パーティを開いた。黒い服を着てあらわれた佐藤愛子さんは私とタンゴをおどったが、私の実感としてはビヤダル・ポルカをやっている感じだった。彼女の体が重く、私はリードしているというよりは、引きずっているという感じだったのである。しかし私は、そのことを決して口にしなかった。

翌朝早く、電話の音で目をさました。ねぼけ眼《まなこ》で受話器をにぎると彼女の怒声が聞えてきた。

（あの人はよく怒るのだ）

「遠藤さん、わたしは昨夜悪夢に悩まされて眠れなかったですよ」

「悪夢、なんの悪夢？」

「あんたとおどったせいか、フランケンシュタインに襲われた夢を一晩中、みてうなされたんです」


（「小説新潮」昭和四十九年一月号—十二月号）

好奇な魂

病院のおバカさん

涎《よだれ》をたらすコルサコフ氏病

入院して三カ月半になる。昨年の十一月から妻を連れてヨーロッパを旅行していたら、向うは女尊男卑の国々だから、心ならずも妻に鞠躬如《きっきゅうじょ》とするのにほとほと疲れ果て、躰《からだ》をいためてしまったわけだ。やはり外国旅行は男一人にかぎる。今度でかける時は足手まといは連れていかない。折も折、閉口させられたのはコルサコフ氏病に私がかかったというデマ事件が起ったことである。話の起りはこうだ。

作家や評論家が自らの近況消息を知らせあうSという連絡紙がある。そこにそのころ、私の署名で次のような葉書が来た。

「帰国以来、体の調子が悪いので慶応病院に診断を受けに行きましたらコルサコフ氏病と診断されました」

もちろんそんな葉書を書いた憶《おぼ》えはこちらにはない。それにコルサコフ氏病とは例の帝銀事件の平沢画伯のかかった病気で、空想と現実の区別がつかなくなり、悪くなると涎をたれっぱなしになる病気である。

葉書をうけとったこのS紙では、ビックリして社主のK氏が取るものも取りあえず拙宅にとんでこられた。

生憎《あいにく》、わるいことにはその時、病院に出かけていて留守だったから、愚妻が玄関に出た。

「ご病気って本当ですか」とK氏。

「ええ」

「やっぱり……そうでしたか」

これでK氏はますます私がコルサコフ氏病にかかったと思いこんでしまった。愚妻は愚妻でそんなことは夢にも知らぬから、二人のあいだには次のような珍問答が続いたのである。

妻「レントゲンを撮りましたのよ……」

K氏（頭にレントゲンをかけたと思い）「へえ……レントゲンをねえ」

妻「お酒を夜遅く飲みまわるでしょう。あれが悪いのです」

K氏（私がアルコール中毒も併発したと思い）「体や手足なんかブルブル震えるのですか」

妻「さあ、ブルブルは震えませんが……」

K氏「あの病気は涎をたらすそうですが……」

妻「いえ、涎はたれません」

K氏（沈痛な顔で）「今も車の中で『サンケイ新聞』の記者と話したんですが……昔、電話で悪戯《いたずら》なんか、なさったでしょう。あれも考えるとコルサコフ氏病の前兆だったのですねえ……」

ここで愚妻もびっくり仰天、K氏はやがて恐縮されて帰られたが、この話をあとで聞かされた私は、コルサコフ氏病とはあまりなと、おかしいやら無念やらであった。

翌朝、K氏は私の署名したという葉書を持参される。なるほど見ると名前の所だけ、私の筆跡そっくりである。そこだけパラフィン紙か何かを使ってまねたらしいが、他の字体は全くちがう。この字体で我々のきびしい調査の結果、天網恢々《てんもうかいかい》、この犯人はすぐわかってしまった。梅崎春生氏のイタズラである。

白いシーツの上に

私の入院したのはD病院であるが、ここは都内でもこんな静寂なところがあるかと思うほど静寂。しかも青々とした樹木に恵まれている。だがその石門の横に八の字の髭《ひげ》をはやした守衛が一日中坐っていて、いやしくも医師の許可のない患者は外に出さない。おまけにぼくの病室の外側は、ちょうど深いコンクリートの地下が作られているから、窓からピョイと飛び出て遊びにいくことなど絶対に不可能である。

こんなことをわざわざ書くのは、遠藤の野郎、病院を夜な夜な抜け出して飲み歩いているとか、あいつは病院側も持てあます不良患者だそうだとか、もっともらしいデマが近ごろながれていると聞いたからで、事実は私はまだ一度も外出していないのである。

外出しないで退屈しないかと言われるが、「ソノ赴ク所ソレニ従イテ楽シミヲ求ムルハコレ君子ナリ」という言葉がある。私はいかなる場所にあっても楽しみを見出す君子の術を心得ている。

禁酒、禁煙の病室のなかでも、その気になれば高尚な楽しみはいくらでも創ることができる。

私はまず見舞いに来てくださった女友だちに依頼して独りで遊ぶオモチャを買いに行ってもらった。女友だちは早速、銀座の三越のすぐ近くにあるキントキ玩具店に行き、私の頼んだウンコの模型、ピストル、水鉄砲、その他の品を買ってきてくれた。

このウンコの模型はご存じのかたも多いと思うが、蠟《ろう》でつくったもので実物のウンコとその色、その形、寸分同じである。鼻をちかづけて匂いでもかがなければその真偽はわからない。

「恥ずかしかったわ。こんなの、買うの……」

女友だちは顔をあからめてブツブツと文句を言った。本当にそうだったろう。

私がウンコの模型やその他の品々を買ってもらったのには、深い深い考えがあった。

入院して半月もたつとここの生活や規則に馴れる、我々は朝六時に起き七時半に朝飯をたべる。そして毎朝九時ごろ二人の看護婦さんがベッドを直しにくる。布団やシーツの塵《ちり》を払いキチンとその皺《しわ》をのばしてくれるのである。

そこで私はこのウンコを彼女たちの来る前にシーツの上に置き、その上に布団をかぶせておいた。白いシーツの上で黄色いウンコの模型はさながら本物の「寝糞《ねぐそ》」にみえたから、私の胸はオドった。

看護婦さんたちはその日も扉をノックして入ってきた。私は椅子に腰かけ、真面目な顔をして新聞を読んでいた。それから布団をめくる音と共にキャアーッという彼女たちの悲鳴をきいた。

「どうしました」

私はおかしさをこらえ、顔だけは厳粛に、新聞からゆっくりとあげた。こちらをふりむいたUさんという若い看護婦さんの悲劇的な表情を、私は生涯忘れないであろう。

水鉄砲の楽しみ

小さな水鉄砲も病室ではなくてはならぬ慰めである。これは私の女友だちが現在売られている着弾距離の最も強力なものを探してきてくれたので、相当の地点まで水が飛んでいく。

私はある夜ふけ、窓の外で男女の声をきいた。夜ふけといっても病院は九時消燈であるから、その時刻は十一時ごろだったろう。そっとベッドから窓にちかよると、病室の窓のむこうに若い男女がたって話をしているのが月光に照らされている。

さきにも書いたように、この病院は都内でも珍しいほど青々とした樹々と、広い敷地に恵まれているから、おそらくアベックがこの中に待合わせにきたにちがいない。

私はひそかに水鉄砲の中に水をつめ、窓ぎわの壁に体をピタリとよせて、彼らにむけて発射した。

ピシャッ！　音はきこえなくても水が当ったことは手ごたえでわかる。

「アッ、つめたい。つめたいわ」

「どうした？」

男の心配そうな声がきこえる。私は息をこらし、壁に体を押しつけていた。しかし水がどこから飛んできたか、あの二人にはわからぬことも明白であった。病院はしんとして寝しずまっているからだ。

「雨かしら」

月の光が白く樹と叢《くさむら》を照らしているのに、雨であるはずがない。二人はブツブツ言いながら、どこかへ行ってしまった。私はなんだか気の毒をしたような気持になり、心の中でわびたのである。

「赴ク所ニ楽シミヲ求ム」

鉄砲といえば、私は今、コルトのおもちゃで射撃の練習をしている。部屋の隅にぶらさげた鶏の的に命中すると、ベルがなって卵が一つ落ちる仕組みだ。初めは下手だったが、このごろはうしろ向きでも見事に命中するようになった。このあいだ看護婦さんの一人とお寿司をかけて戦ったが、問題なく私が勝った。

小人閑居して不善をなすという諺《ことわざ》があるが、私のような君子は、「ソノ赴ク所ニ楽シミヲ求ム」ことができるのである。面白い悪戯オモチャがあれば、送ってくださらないだろうか。

我々の碁

先日、本紙（「東京新聞」）のテレビ版を見ていたら、杉森久英氏が、書物の散らばった書斎で、ひとり碁盤にむかい静かに布石を考えている写真が載っていた。写真だけをみると杉森先輩、まるで有段者のごとき重みがあるが、なにをかくそう氏もまた、三カ月前から近藤啓太郎君のすすめで、碁のイロハを習いだしたばかりのひとりなのである。我々の師は坂田名人のお弟子で美貌の女流棋士、小山二段である。杉森先輩と共に、この小山先生にほめられ、しかられ、毎週一回欠かさず集まる者は吉行（淳之介）梶山（季之）野坂（昭如）、それに拙者だ。まあ、鯉丈《りじょう》の八《はっ》笑人《しょうじん》の碁だと考えていただきたい。

初心者はだれでも一応スジがいいなどとほめられるものらしいが、何も知らぬ我々は本気で自分たちこそスジがいいのだと信じてしまった。のみならず近藤君から「吉行の碁は坂田流の碁だな。遠藤の碁は高川流の碁だ」などと言われたものだからもう夢中。あとであれはお世辞だったと気がついた時は事既に遅く碁をやめられぬ心境になっていた。毎週一回が楽しみで当日の月曜になるとソワソワして仕事も手につかぬ。人を見ると碁がうてますか、などと偉そうにたずねる。

杉森氏などはある日、ジャンパーにげたばきで現われた。聞くと、締め切り前で外出禁止だったが、散歩といって一目散に逃げてきたのだと言われる。ところがこの杉森氏と対局してみると時々ポカをされる。相手のすきをねらってチャッとこちらが二十目ぐらいアゲてしまうと「そりゃ、君ドロボウです。ドロボウというものだ」歯ぎしりしてひざをたたいている。平生、温厚な杉森氏にしてこれであるから、他の四人の碁などお世辞にも品がいいと言えたものではあるまい。「待て」「待たぬ」「お前の碁は下品だ」「いや、勝てばいいのです」などとののしりあい、わめきながら碁盤にむかう始末で、まことにお恥ずかしい。荒木又右衛門の義父と碁石のとり合いでケンカをしたという男の心境が今だんだん、わかってきたような始末です。

私は今まで勝負ごとが余り好きではなかった。好きではないというよりは、食わずぎらいだったのかもしれぬ。しかし碁だけは偶然がないから面白い。幾何で補助線を考えだす時のような快感があって楽しい。吉行君に言わせると私の碁熱は、今まで色恋を一度もできなかった中年男が、初めて女に狂ったようなものだと言うことだが、他に趣味らしいものが一つもなかっただけに、この恋狂いは当分おさまりそうもあるまい。吉行君とはメゴをやるが、この所、四連敗で意気あがらず、家に戻ると、小学一年のむすこを相手にしてやっと勝ち、りゅう飲をさげている次第だから、まだまだ道は遠い。

文壇には三段、四段の人も多いと聞いているが、そういう人のように一日でも早くなりたいものだ。

だがこの間、梅崎春生氏に碁を習っていると自慢したら、フフンと冷笑されてしまった。よしなさい。お前さんなんかもう年をとりすぎてだめだよ。ぼくなんか子供の時から碁石を握ってい

たのだという話である。私は少し憤然として、しかし、梅崎さんは大岡さんや尾崎先生より強いのですかと聞くと、

「ばか言っちゃいけない。あの人たちには四目おかせてうっている。いつも勝つ」

「じゃあ、榊山《さかきやま》さんとは」

「白をぼくがもちます。それでも、ぼくが勝つ。あの人が文壇本因坊でぼくは文壇名人です」

それから小さな小さな声で、

「もっともこの名人の位だけは……自分で……きめたんだ」

とつぶやかれていた。その梅崎氏に近くセイモクフウリンでうってもらうつもりだ。

大学再入学の記

今年の四月下旬、二十年ぶりに受験生の気持という奴を多少味わった。合格するかな、不合格かな。むかし上級学校を受験した時、春の憂鬱さをたっぷり経験したものだが、あの時のみじめさと不安が、いい年をした現在でも、やはり起ってくるから妙なものだ。

模範的グータラ学生

私は慶応義塾大学の聴講生になれるか、どうか発表を待っていたのである。聴講生になるには試験こそないが、教授会のきびしい審査がある。

二十年前、私は慶応の学生だった。だから今度の教授会ではその頃の出席具合・成績・素行が当然調べられるにちがいない。正直な話、あの頃の私ときたらグータラ学生もいいところで、学校はさぼり、近所の喫茶店で仲間とアルバイトの相談ばかりやっていた。成績は全くの不良。戦争直後の大学という特殊事情のおかげでどうにか卒業できた次第だ。

二十年前の出席状況や素行が参照されればこの教授会で私の合格はかなり危くなる。

「ダメだね、この男は。むかし塾生だったそうだが、ほれこの通りの成績です」

そんな教授会での模様が心にふと浮かんで、たった今、そう言われているのではないかと気になってくる。

私がイヤなのは、もし落ちると、ただでさえ睨《にら》みのきかぬ女房と息子にますます馬鹿にされることだった。

「なんだ、落ちたじゃないか、ヤーイ。落第坊主」

息子はそう嫌がらせを言うにちがいない。このチビはともかくも一昨年、同じ慶応の幼稚舎に入れていただいたから、親爺《おやじ》が大学の方を落っこったとなれば、飛びあがって嬉しがるだろう。イヤな餓鬼だ。

「どうでしょうか。大丈夫でしょうか」

私は慶応時代の先輩である白井教授にそっと電話をかけた。

「大丈夫と思うがねえ。もっともその時にならねば、わかりませんよ」

「あの……昔の私の成績はやはり関係するのですか」

受話器の向うで、先生の声が少し低くなって、

「君の成績も、奥さんの成績も、息子さんの成績も関係するかもしれない」

冗談とは思うが、やはり一寸《ちょっと》不安だ。女房も慶応の仏文科を出るには出たが、その成績はどんなものかわかっている。息子とくると、これはもう話にならん。

父兄ではなく夫兄

だが私は合格した。いい年をしてと思われるかもしれないが、やはり口もとにおのずと得意の微笑がうかぶのは仕方がない。

早速、教務課に行って手続きをとる。ちょうど新学期のはじまりなので、教務課の前はすごい行列である。若い男女の学生の間にまじって突っ立っていると、やはり何だか照れくさく恥ずかしい。学生たちも怪訝《けげん》そうに、このオッさんなにしに来たのかいな、という顔をする。

時々、昔、お教えを頂いた先生たちが横を通られる。そのたびごとに眼を伏せ、発見されぬよう体を縮こませていると、

「おい、お前何しとる」

顔をあげると、嬉しや、塾の予科時代からの同級生で、現在は哲学科の教授をしている三雲夏生が立っている。昔、私が親爺から勘当されてアルバイト学生だった頃、毎日、彼はお母さんにたのんで私の分の昼弁当をつくってきてくれたし、一緒に留学もした間柄の男だ。

「なに、聴講生、物好きな男だな」

「いや、本気なんだ」

私の向学心をきくと、三雲は親切に教務課の受付に行って書類を取ってきてくれた。

「保証人の名前を書けとあるが……誰の名を書いたらいいだろう」

「普通の学生なら、父兄の名を書くべきだが……」三雲教授は哲学的大問題でも考えるように深刻な表情をして「仕方ない、君の細君の名を書いたら、どうだ」

「あんな奴の名を?」私は思わず声をあげた。

「あんな奴を俺の保証人にしろと言うのかね」

「偉そうなことを言うな。いいじゃないか、それにお前だってむかし、奥さんの保証人だったじゃないか」

三雲教授の言うのは本当である。九年前結婚した時、妻はまだ三田の仏文科の女子学生だったから、私は仕方なく彼女の保証人と父兄になったのである。

彼女の卒業式の時私は三田の山につれて行かされ、父兄席に畏《かしこま》り腰かけた記憶がある。周りはみな、爺さま、婆さまばかりで、ただでさえ恥ずかしいのに、そこへ奥野信太郎教授が通られ、ふしぎそうな顔をされて、

「おや、君が、どうしてここに」

「はあ」私は真赤になって「妻の卒……卒業式だものですから」

先生は笑いながら、

「そうでしたね、君は父兄ではないが夫兄ですな」

女房に監督されるのか

そういう過去があるから、三雲教授は保証人の箇所に妻の名を書きこめと奨めたのである。だが私が気に食わぬのは、その箇所の下に次のような言葉があったからだ。

「本人に学生としての本分を乱す行為なきよう、責任をもって私、保証人が監督いたします」

食わしてやっている女房に今後監督されてなるものかという気持はどうも抑えがたいが、三雲

に説教されて渋々と彼女の名をそこに書きこむ。

授業料を払いこみ、茶色い学生証に写真をつけてペタンと聴講生の判を押してもらい、さあ、これですべてが完了した。

私がこんな年になって大学で講義を受けようと思ったのには二つの理由がある。はじめ私は西洋美術史の勉強をしようかと考えていた。「基督《キリスト》の顔」という主題で、各時代における絵画彫刻における基督の顔の変化を調べたいという欲望は、二度目の欧州旅行の際からあった。しかしその勉強には基礎的な西洋美術の知識がまず必要だ。だから大学にもう一度行こうかと思ったのである。

しかしこれは、別に大学に行かなくても、自分でやれるなという気持になってきた。そこで考えをかえて国文科の聴講生になることにしたのである。恥ずかしい話だが、私は文士のくせに「源氏物語」さえ読破できない。現代訳で散読しても、本当に基礎的に読んだことはない。その他の日本古典もしかりである。だから先輩や友人にいつも日本語を知らぬと叱られる。文士として、これはやはり勉強すべきだと思ったことが一つ。

もう一つは、やはり一週一度か二度、何かを習うということは、私のようにワラジ虫的なグータラ男には生活の緊張を与える。だから水曜は友人の三浦朱門につれられて、上智大学のチースリック先生から切支丹《きりしたん》の勉強を受けることにし、木曜は慶応義塾の国文科聴講生になったわけだ。

と書くと、大変マジメな男のように聞えるが、第三のひそかな理由もあることも告白しておこう。それは慶応には実にシャンな女子学生が沢山いることだ。私がかつて塾生の頃は、女子学生といっても微々たるもので、いずれもスケソウダラのような顔をした娘ばっかりだった。だが今度、三田に出かけてみると、事情はがらりと違う。もちろん、梨の花、鬼あざみも交っているが、シャクヤクあり、ボタンあり、ライラックあり、見ていて楽しくないと言えばやはりウソである。本文を読んで聴講生になりたければ、美人女子学生の多い慶応を選ばれるよう、おすすめする。

サボっては損だ

こうして木曜日は寝坊スケの私にとってはかなりきつい日になった。平生は本職やその他もろもろのことがあるから、木曜日だけは朝早く起きて予習、復習をやらねばならない。めったに朝食を一緒にとったことのない息子と一緒に食卓につくのもこの日である。

「ちゃんと勉強しとるかね、アーン」

チビは平生、父親の私に言われている言葉を同じ口調でまねをする。

「登校前に、忘れもんをしないよう、遅刻しないよう、よく気をつけるんだぜえ。わかったかア。アーン」

「お父さんをバカにするんじゃありません」

息子は母親に叱られるが、彼の言うのは本当だ。私の家のある町田（東京都）から三田までは車をとばしても一時間半はかかる。授業は一時にはじまるから、遅れてはならない。

だが午前中、先週の復習をやっていても来客がある。来客と用談しながら、私は頭の中で復習をくりかえしている。親から授業料を出してもらっているんじゃなく、自腹を切って高い授業料を払っているんだから、サボっては損だというあさましい考えからだ。

遅刻だって同じことだ。むかしは十分ぐらい授業に遅れたって、平気なものだった。だが今はちがう。今は私は一家の主人であり、小学生の息子もいる。息子の手前、学校をサボったり、遅れたりすることはできぬ。

十二時十分前になると私はソワソワしはじめる。

「まことにすみませんが、学校があるんです」

来客は変な顔をして、

「先生業もやっていられるんですか」

「とんでもない。生徒です」

昼食をとる時間もなく、大急ぎで本とノートと鉛筆を入れた風呂敷をもって家をとび出す。三田にやっとたどりついて、まだ時間があると、大急ぎで車の中からアンパンをとりだし、それを昼食がわりにたべながら、復習をくりかえす。

むかし自分が勉強した大学に、もう一度勉強にくるというのは、少年時代に住んだ家をたずねるように楽しいものだ。あの頃は図書館も講堂もすっかり焼けただれて、本一冊、借りだすことはできなかった。私はその図書館の下で三雲と靴みがきのアルバイトをやったことがある。学内ならば場所代をパクる地まわりもいないから、収益はまるまるこちらのものになるというのが私の考えだった。

果せるかな、焼跡から煉瓦を二つ拾い、そこに靴墨と歯ブラシと布とをおいて待っていると、塾生たちは次から次へと客になってくれた。中には同じ仲間に我が足をさしだせぬと言って、自分で靴をみがき金をおいていく者もいた。幼稚舎の小さな子供たちが、うしろで木の枝にぶらさがりながら、

「ぼくら、幸福だなあ。大学生さんみたいにアルバイトしなくてもいいもん」

翌日、この子供たちは国電のシートをひっぱがしてきてくれた。靴を光らす布にせよと言うのである。

塾生たちでアルバイトをしていないものはなかった。宮城前の広場でモッコかつぎをする者もいた。二年上の安岡章太郎は復員服にボストン・バッグをさげて学校に石鹸《せっけん》その他を売りに来たし、私は私で、代返業、ノートうつし業という商売をしていた。代返業というのは出席をとる先生の授業で友人にかわって代返をするのである。「ハイ」「ホイ」「ヘイ」「ハッ」一人で五人ぐらい引き受け、それがバレないようにするのは熟練を要する。値段はたしか一声、十円だったと思う。

何かを修得する楽しさ

ノートうつし業というのは、試験前にアルバイトで忙しく授業に出られなかった連中のノートうつしをするのである。これはすさまじく儲《もう》かった。試験前になると申込みは殺到してくる。それを三人の仲間とネジリはちまきで、片付けていくのだ。今のようにプリントなどない時だから、一人が同じことを五度も筆記していると、全部、憶えてしまう。一挙両得だった。

そのころのさまざまな思い出が学校の門をくぐると心に甦《よみがえ》ってくる。あの頃はこんなに綺麗《きれい》な女子学生なぞ沢山いなかった。いてもスケソウダラみたいな娘だけだった。しかし今はちがう。図書館も研究室も完備されている。ただ残念なのは女子学生たちが私のようなオッさんに洟《はな》もひっかけてくれないことだ。楽しそうに若い男子学生とつれだって歩いていく。そこが年寄り聴講生の一番ひがむ点である。

あわてものの学生が廊下ですれちがいに頭をさげる。私を教師と間違えたらしい。授業は二時間たっぷり。私が感心するのは、今の学生は大学院のせいもあろうが、私の頃にくらべて実に勉強をよくする。図書館も研究室も整備されているからだろう。

私は自分の経験から、社会人がどんどん気楽な気持で聴講生になられることをおすすめする。本当に大学生の時には、大学はとかく資格をとる場所、就職のための学問になりがちだが、社会人になってしまえば、純粋に「何かを修得する」たのしみに浸ることができる。

第一、みなが来てくれないと、今の現状では私のようなオッさんはやはり若い人たちだけのいる教室に入るのが恥ずかしくてならない。仏蘭西《フランス》に留学中よく見たが、向うの大学では、かなりの数のオッさんやオバさんが交っていたものだ。ああいう風に、誰もが気楽に大学に聴講にくることは、なぜできないのかなあ。

そのため、大学側にもおねがいしたいのだが、まず聴講生をもっと沢山入れてほしいことだ。そして授業料も一般のサラリーマンが小遣いで払えるようなものにして頂けないだろうか。今の授業料ではやはりサラリーマンには痛いように思われる。

私は学生証を二度ほど映画館の切符売場に提示して、学生割引をしてもらった。国鉄のほうはまだ使っていない。銀座のバアに行って、

「学生割引をやってくれませんか」

そうたのんだら、そこのマダムから、

「ここは学生さんの来るところじゃ、ありません。お帰り」と言われた。

ぼくと女優さん

吉永小百合《さゆり》さん

吉永さんとは二度しか会っていないから、ほんとうは彼女について書く資格はない。ただ私の甥《おい》はニキビづらの高校生のくせに吉永小百合のすさまじいファンで、彼女の写真が雑誌にのっていると、妹にそれを丹念に切りとらせるのである。もし彼の妹が吉永さんの（写真中の）髪の毛一本でも切りそこなうと、烈火のごとく怒り、当りちらすというのだから困ったものだ。

この甥は平生から叔父である私をバカにしており、叔父貴の書く小説などはバカバカしくて読めんぜ、と妹たちに言っていたのであるが、私が吉永小百合嬢と対談すると聞くや、たちまちにして尊敬のまなざしで私をながめ、ぜひ、同席させてくれと頼むのであった。

心やさしい叔父である私は、クリスマス・プレゼントがわりにと向うさまの同意をえて、このニキビづらをつれていったのである。座敷で実物の吉永嬢を見ると、わが甥はもう生きた心地さえないらしく、顔に脂汗をうかべ、口もきけず、かしこまってすわっているのみだったが、それにくらべ叔父の私は悠々、ニコニコと彼女に話しかけたのであった。彼女また、きちんと両手をひざにおき、早稲田の女子学生らしく卒論のテーマのことなど、小声で語るのであった。

甥は今までバカにしていた叔父貴のあまりのりっぱさにただ口をアングリ、その日からは私に対する態度もがらりと変り、一生懸命、勉強するようになり、ぶじに志望大学に入学したのでまずはめでたい。彼のことばをかりると、勉強につかれた時なぞ机上の吉永小百合さんの写真に目をやると、彼女がじっと自分を見て、姉のように「しっかり勉強してちょうだい」と言っているようで、あれで励まされたそうだから、吉永小百合嬢は受験生の守り神みたいなものだ。

「君はきょういくらこづかいを持っていますか」とその席上、私が彼女にそうたずねたら、はずかしそうに、

「千円……です」

と答えた。いかにも彼女らしいと思うような答えだったが、千円か二千円かポケットをみたわけでない。しかし堅実な彼女らしい話ではないか。

山本富士子さん

七年前、私は東京都内のある大学病院に入院して胸部の肺切手術を受けることになった。これは脳手術、心臓手術とともに外科の三大手術といわれるものだったから、内科療法でなおるものなら切らずにすませたいと考えるのは人情である。私も手術をうけるべきか否か、当時、ずいぶん迷ったものだ。

ところがだ、偶然のことからこの同じ病棟で古屋丈晴氏（山本富士子さんのご主人）がこの大手術を受けられたことを私は知った。のみならず、私の担当医が古屋氏の担当医でもあったのである。

私は古屋氏は写真では見たが面識はない。もちろん山本さんとも会ったことはない。しかしこの日から古屋、山本夫妻に私はなんとなく親愛感を感ずるようになった。

私は当時、病棟において悪名高い不良患者だったが、不良患者のつねとして情報網はいたるところに持っていた。そこでさっそく、この情報網を動かして当時の話をきいてみると、古屋氏もまた、私と同じように、手術を受けるべきか否かにハムレットのごとく迷っていたらしいのである。

ところが、その彼に決断を与えたのは、ほかならぬ彼のフィアンセ、山本富士子さんだったという（スパイ百二十七号の報告による）。山本さんは忙しい撮影が終ると、そっと人目につかぬようこの大学病院を訪れ、古屋氏にバラの花を持ってくるのであったが、迷う彼のためついに長文の手紙を送った。その手紙は実に愛情こもったリンとして勇気ある文章でつづられ、「あなたは切らねばいけません」はっきり、そう奨めたものだったという。

この手紙を読んで古屋氏は決心したのだというのが私の情報網百二十七号の報告であった。

もし間違っていたら山本さんゴメンなさいよ。しかしねえ、その話をきいた時、私はあなたをりっぱだと思い、古屋氏をやさしい人だと思ったなあ。

あれ以来、私は山本さんを芯《しん》のある女性だなと思っている。きれいなだけではなくいざ鎌倉という時は、恋人のため、夫のため勇気ある行為をするのが大和ナデシコの伝統ならば、山本富士子はまさしく日本婦人の鑑《かがみ》である。山内一豊の妻のような女性である。

野川由美子さん

小さな女の子をダマくらかすような男は思いきり馬にけられるべきではないか。純情かれんな娘にウソをついて物品をマキあげるような男は豆腐のかどにゴインと頭をぶつけるべきではないか。

そしてこの私は――まさに、馬にけられるべき男であり、豆腐のかどに頭をぶつけるべき人間である。

四年ほど前、はじめて野川さんとある雑誌で対談をした。野川さんは当時「肉体の門」でデビューしたばかりで、その気合いのこもった演技は好評であったが、会ってみるとかれんというか、かわいいというか、そのくせ頭の回転も早く、いい子だなあと、私は孫娘でもみるような気持で彼女の話をきいたのであった。

「君の誕生日はいつかね」と私はたずねた。

「八月三十日です」と彼女は答えた。

その時、私はついフラフラとこう言ってしまった。おや、わたしの誕生日と同じじゃよ。なぜあんなくだらんうそを口にしたのか、今でもわからん。

しかも彼女がびっくりした顔で、「まあ、ほんとう。ほんとうですの」と聞きかえすと、いまさら、デタラメとも言えず、ウ、ウンとうなずいたのである。誕生日が同じなどたいしたことはないと思いましてな。「じゃあこれから毎年、贈り物を交換しましょうよ」と野川さんは言った。ハイ、ハイと私はうなずいた。

どうせ女優さんの軽い思いつき、すぐに忘れるであろうとタカをくっていたら、その年の八月三十日、ほんとに野川さんから贈り物と手紙がきた。

「お誕生日おめでとうございます。うちはネクタイ屋なのでこのネクタイはおじいちゃんが織り、私も手伝ったのです」

私はそのネクタイをみてつらかった。野川君のような一生懸命の娘をダマくらかした自分を恥じた。あわてて自分の著書をお返しまでに彼女に送ったが、それだけでは気が晴れなかった。

私が野川由美子の後援会を一人でつくり、会長兼、会員兼、小使いをやっているのは周知の事実だが、その理由は以上のような悪い爺さまの罪ほろぼしのためである。

渡辺美佐子さん

もう何年も前になるが、吉行淳之介が、あるパーティのあと、私をつかまえて、

「お前マンザイの叩かれ役をひきうけてくれ」と言う。叩かれ役とは何だと聞くと、実は俺は渡辺美佐子をテレビで見てから、彼女の大ファンになったのである。しかして本日、このパーティのあと、天の恵みか、神の助けか、渡辺さんと所用あって会うのであるが、お前がマンザイの叩かれ役として同行してくれれば、俺は引きたつであろう、よろしくたのむと言われたのであった。

私は友人のためにウンとうなずいたが、浮かない気持だった。というのは、私だってそのころテレビで大坂志郎氏と共演しているあの魅力ある新劇女優の前で叩かれ役をやるのはつらかったからである。ほんとうにつらかった。

渋谷で吉行と二人で渡辺さんに会った。用事がすみ、三人で二、三軒、飲み屋やトリスバーをまわったのであるが、私は叩かれ役である以上、彼女の前で気のきいたこと一つも言えず、わざと下品な音をたてて鼻をかんだり、チュッ・チュッと歯をほじくったり、ウイーッとコップ酒をのんだあと手の甲で口をふいたりして、吉行を引きたてるよう、引きたてるように努めたのであった（今の吉行からは想像もできぬ話だが、昔の彼にもそういうかなしい修業時代があったのだ）。だが、私のその努力もむなしく、渡辺さんは吉行にそれほど関心もみせず「おそくなりますから」と、時計をみてサッと帰られたのであった。その時の吉行の顔よ……。

今だから若かりし日のこんな愚行も吉行と笑いあうのだが、あれから歳月はながれた。渡辺さんはそのころのかわいそうな私たちのことをおぼえてもおられまい。彼女ももはや新人ではなく実にみごとな演技女優となられた。テレビで彼女がやった「秋津温泉」は私は忘れがたい。先月みた「マリアの首」の演技もいつまでも脳裏から去るまい。

ことしもまた、劇場の舞台で彼女の充実した演技をわれわれは見ることができるだろう。心から声援を送る。

ぼくでも車が動かせた

髪結床の亭主という言葉があるが、運転女房の亭主という連中がいる。日曜日などよく見かけるが、女房に運転してもらって、自分はうしろの座席で子供たちと一緒に小さくなっている。自分が運転したくても、できないのだから仕方がない。

安岡章太郎がそうだ。開高健もそうだ。南条範夫氏も岡部冬彦もそうだ。こういう連中は口惜《くや》しまぎれに叫ぶ。

「箱根のカゴカキは、女房、子供にやらせとけ」

そして長い長い間、この私もそうであった。女房に運転してもらう車のうしろにチョコンとすわり、箱根のカゴカキは女房にさせておけと心中、叫んできた。

だが本音は……。本音は乗せてもらいながら、女房にたいする具合の悪さをやっぱり感じていたのである。「いいのよ」と彼女はいう。「これくらい、あたしにまかしておいてよ」。だが具合わるいものはわるいのだ。

悲しき運転女房の亭主

家族づれでドライブに行くとする。途中で車がパンクする。女房はトランクからジャッキとか称する、何やらむつかしげな機械をとり出し車をもちあげはじめる。そしてハアハアいいながら困難らしい作業にとりかかる。

手伝ってやりたくても自動車のジの字も知らぬ悲しさ、何をしてよいのか、さっぱりわからん。まわりの商店の店員、通りすがる人々が妙な眼つきで私を見る。

「お前はなにか、奥さんに力仕事をさせて自分はニヤニヤしてるのか」

その眼つきは、そういう非難をこめて私を見ているような気がしてならない。ニヤニヤ笑っているのではない。恥ずかしいからその恥ずかしさを誤魔化すために苦笑しているのだ。そのうち見かねたドライバーの一人がわざわざ車をおりて、ジロリ、私を見たあと、

「奥さんぼくがやってあげるよ」

御親切まこと有難いが、よその男が私のやるべきことをやっているのを、阿呆ヅラをして見ているのは実に実に辛く悲しいものだ。

近頃は私も賢くなり、車がパンクして女房がジャッキを使いはじめると、一目散に逃げていく。そしてタバコ屋でタバコを一箱買い、しかして近くの電信柱のかげに身をかくし、陰険な眼でじーっと現場を見ているのだ。情けは人のためならず。必ずといっていいほどタイヤ交換に悪戦苦闘している女房を手伝ってくれる人がいる。そして二人の作業がやっと終る少し前（この少し前、

が大事なのだ）私はわざとハアハア息をつきながら駆け戻っていく。

「ハアハア（息をつく音）、おやァッ。この方が手伝って下さったの。いかんなあ。俺がやるっていったろ。便所に行ってたんですよ。すみませんでしたねえ。なおす前、便所にちょっと行っている間に、手伝っていただいて。これ、とって下さい」

買っておいた煙草を彼に渡す。そういう卑屈にして陰険な手を使っているのである。

それから、もっと困ることがある。運転女房の亭主ならどなたも経験されるだろうが、女というものは運転をすると、必ず喧嘩《けんか》をする。言葉がきたなくなる。

ダンプカーやトラックが横暴にもセンター・ラインをこえてこちらに寄ってくるような時、

「バッケ野郎。気をつけないか」

大声で怒鳴るのは私ではない。向うの運ちゃんでもない。他ならぬ女房なのだ。女房の名誉のため断わっておくが、彼女は平生決してこんなスサマジい言葉を使う女ではない。おとなしいとは決して言わぬが、普通の女性ぐらいの静かさ、羞恥心《しゅうちしん》はもちあわせているようである。その彼女が今やダンプカーの運ちゃんに、

「バッケ野郎、気をつけないか」

と怒鳴るようになったのだから私はたびたび閉口した。エゴイストの私は女房がそんな言葉を使うこと自体よりも、もし向うの運ちゃんが、売り言葉に買い言葉で、トラックをとめ、こちらに来て、

「おい、もう一度、いってみろ」

そうスゴんできたら、相手をせねばならぬのは女房ではなく、最終的には男のこの私になるのだから、

「よせ。おい、よせよ」

弱々しい声で女房をとめるのだが、運転者の心理というものは平生とガラリとちがうようだなあ。相変らず「バッケ野郎」を連発する。

恐怖のドライブで奮起

しかし運転女房の亭主にも利点がないわけではない。夫婦喧嘩の時である。これは危険だからあえて諸君に奨めはしないが、車のなかで口喧嘩がはじまり、私がコツンとうしろから女房を叩いたことがあった。しかし叩きかえそうにも敵さんはハンドルを握っているのだから逆襲できない。これはシメタと思い、面白半分にまたコツンとやってやった。相手はウー、ウー、と檻《おり》の中の虎のように唸《うな》っているだけである。あんなに気持のよかったことは絶えてない。

そういうわけで、私は自分も運転を習おうかと考えることしばしばであったが、もし交通事故を起したら、と考えると尻ごみをせざるをえなかった。自分のちょっとした不注意がよその子供の一生を狂わせてしまう。思っただけでもゾッとする話だ。走る兇器《きょうき》という以上、兇器を手にもたぬほうが賢いと思った。

しかし私は五年前、東京中心部から一時間半も電車で離れた町田の近郊に引越した。その都度、家内に運転をたのむわけにもいかない。タクシーで片道千五、六百円の場所であるから、月々の

タクシー代も馬鹿にならぬ。どうしよう。習うべきか習わざるべきかと迷っていた時に、わが決心をうながすような出来事が起ったのである。

それは先年、文藝春秋主催の講演旅行の時であった。阿川弘之と曾野綾子との三人で、あっちこっちを回ったあげく、最終日の講演会場が小田原なので、その日の昼、休憩場所の箱根の旅館にたどりついた。

講演までまだ四時間ほどの余裕があるので曾野さんはたずねてきた知人と、どこかに行ってしまった。宿でゴロゴロしていても仕方がないので、レンター・カーでドライブでもしようという阿川にうなずいて外に出た。

「山本五十六」の著者の運転はアメリカ仕込みで、上手だが荒っぽいと前から友人たちに聞いていた。しかしその時、彼がやさしい声をだしたのでついフラフラと彼が貸車屋から借りてきた赤いスポーツ・カーに乗ってしまったのである。

阿川は私を芦《あし》ノ湖《こ》まで連れていき、それから箱根ターン・パイクとよばれている急な坂道をおりはじめた。初めは処女のごとく、終りは脱兎の如しという形容はこの際、当らぬが、初めは私も安心して、のどかに周囲の風景を眺められる速度だった。

「阿川君、ありがとう」私はこの友人の親切にふかく感動して礼を言った。「君の運転のおかげで、実に快適なドライブだよ」

「そうかね」

その時、彼が心中なにを考えていたのか私にはわからない。突然、彼はアクセルをふみこみ、すさまじいスピードで坂道をおりはじめた。アッと思うひまもなく左右の松林も標識も矢のように飛んでいく。

「やめてくれ」私は思わず足をふんばり叫んだ。「速度を落してくれ」

「いやだね」

「き、きみ。車がひっくりかえるよ。崖《がけ》から落ちるよ」

「そうかね」

「ぼくはまだ死にたくない。君も死なせたくない」

「そうかね」

「冗談はよせ。よさんか。助けろ」

すると突然、彼の眼が黄金バットのようにぶきみに細くなって、ひくい声で、

「お前なあ……銀座に今度、Mという高級レストランができたのを知っとろうが……」

「そんなこと、どうでもいい。おりたい。ぼかァおりたいんだ」

「それでなァ、お前が俺にその店でおごるというなら……スピードを落してもいい」

Mというのは都内一、高級なレストランだとは聞いていた。料理もうまいそうだが、眼の玉のとび出るほど高いという話も聞いていた。しかしわが命にはすべては代えられぬ。

「おごる。おごります」

「俺の女房も一緒におごるか」

「おごる。おごります」

二週間後、鬼のようなこの阿川は夫人を伴ってレストランMにあらわれ、私の勘定でたらふく食事をしたのである。私は言いたい。阿川よ、君は知っているだろうか。君たち夫婦が仏蘭西《フランス》の美食に舌つづみをうったおかげで、可哀想に私の息子は運動会で運動靴さえ買ってもらえずに、一人ションボリ、はだしで走らねばならなかったことを……。

「ヒャー、車が動いた」

まあいい。私はケチではないし過去のことをクヨクヨしないたちだ。とにかくこの出来事は私に今までのちゅうちょを一掃させ、教習所に行かせる最大の原因となったのである。

しかし一人で行くのは気の弱い私にはなんとなく心細いので、私は家のお手伝いさんを誘い、隣家に住んでおられる向坂《さきさか》逸郎氏の令弟を誘い、町田の教習所に出かけていった。それに三人でやればおたがい競争して張りができると考えたからである。

私が運転を習いはじめたと話すと、誰もが頰に特殊なうす笑いを浮かべる。よせよ、危ないぞと止める友人もいる。「まわりをみても自動車運転には君や安岡のような慶応出身はむかないね。俺や吉行や阿川のように東大出か、曾野綾子のように聖心出はどうやらいいようだ」と三浦朱門がわざわざ忠告してくれた。こうなると私は三田の名誉にかけても免許証をとらねばならなくなってきた。

だが実際に出かけてみると、噂《うわさ》に聞いていたようなスサマジい教習員はいない。他のところはどうか知らぬが、わが教習所では練習車に乗ると、教習員が、どの客にも「いらっしゃいませ」

と頭をさげているくらいである。「あんたのようにカンの鈍い男の奥さんがみたいよ」などといわれた先輩が他ではいたそうだが、わが教習所では絶対にそんなことはない。

所内の雰囲気《ふんいき》がとてもいい。これはお世辞ではなく私はそのおかげで練習に行くのが嫌だという気持は一度も起きなかった。

初めて自動車が動いた時はびっくりしたなあ。とにかく、ギヤとかいう棒を動かしてもらい、足もとの板みたいなものを踏むと、驚くべし、車が動くではないか。

「ヒャー、動いた」

「あたりまえです。車は誰でも動かせる」

教習員は笑いだしたが、今まで機械などほとんどいじったことのない私には、なんと、自分の操作でこの大きな、むつかしい車体が動いたことだけでもただただ仰天して、この場面を女房に見せ、あの阿川にも見せつけてやりたい心境であった。

だが軍隊でも初日は楽だが二日目からきびしい。翌日から始まった減速、増速、エス型や直角のクランクになると、理屈はわかっても手足がそれに伴わない。手に注意をむければ足のほうを忘れる、私は奈良でみた千手観音を思いだし、自分に二本の手しかないのが情けなくなった。一度トチると、もうあとは何をやってもだめで、

「しっかり、しなさいよ」

教習員もホトホトあきれるが、頭は混乱し目はかすみ、トップで発進はする。ブレーキかければエンストはする。そのたびごとに私は心中、

「曾野綾子でもこれが運転できたんだ」

呪文《じゅもん》のようにその言葉を唱えていた。なぜなら三浦にきくと、彼の妻、曾野さんは電気のソケットに陰極と陽極のあることを結婚するまで知らなかったそうだから、その彼女が動かせた物体を自分が動かせぬはずはない、ただそれ一つが頼りなのであった。

もはや素人ではない

一時間が終って、今日教えられたことが習得できれば修了判がおされ、次の段階に進むわけだが、私の場合は、いくら教えられてもダメだから同じ場所を足ぶみばかりする。修了判は一向におされず、その代り教習員の姓名判だけが食物にたかるハエのむれのようにスサマジく並んだ時もあった。「曾野綾子さんでも……曾野綾子さんでも……」という呪文も一向効き目がない。彼女や三浦が習った頃はスゴクやさしかったのではないか。

「六十六歳の御老人でもこの教習所でがんばっておられるのですぞ」

と教習員は、もうやめますと情けない声をだす私を叱咤《しった》する。

実技のほかに法規も構造もやらねばならぬ。私は今までいろいろな悪文をみたが、あの法規のような悪文を見たことはない。あれを見ると自分は実に文章がウマイ、実にウマイと、風呂場で歌を歌った時のような満足感をおぼえる。そして落し穴とヒッカケだけで作られた問題集をやっているうち、次第に性格が「疑いぶかく」なりはじめ、人のいうことも素直にきけなくなってきた。

仕事と勉強の合間に問題集ばかり見ているうちに、日常会話まで、問題集的になってくる。学校から戻ってきた息子をつかまえては、

「君は今から次のどれをするか。正しいものをえらび出せ。(1)手を洗っておやつをたべる、(2)手を洗わずにマンガをよむ、(3)手を洗わずに勉強する」

すると息子が答える。

「二番だ」

タクシーなどに乗っても東京から町田までの間、私は何とかして運転手に自分も自動車について素人《しろうと》ではないぞ、かなり知っておるのである、と知らせたくてウズウズする。

「運転手さん。もう、そろそろギヤをトップに入れてもいいのじゃないかね」

「いやァ、有難うございます」

「そうしないとガソリンが無駄だな。うん」

ひとりでうなずいてみせる。あとで考えると実にバカバカしいが、運転をすると人間なぜかくも小児的になるのであろうか。歩いている時は紳士的に道をゆずり合う大の男たちが、車でむきあうと、

「お前がバックしろ」

「なんだお前こそバックしろ」

お互い怒鳴り合っている光景をよく見たが、これは、こうした小児心理のなせる業であろう。

一月下旬から始めた練習もやっと四月中旬、仮免試験となった。私が何回でこれを通ったかは

書かない。そして今、この原稿を書いているのは本免試験の効果測定の前日である。本当の話、私はこの原稿どころではないのだ。今からオイル・プレッシャ・ゲージとか、トランスミッションの機能とかについて憶えねばならぬのである。この原稿が活字になる頃は、ああ、本当の免許証を手に入れたいと念じつつ……。

私の霊媒探訪記

好奇心が人一倍つよいせいか、東京やその近郊で有名な占師があると聞くと何をおいても飛んでいく。

ただ私の場合は、占いや透視術を信じているのではない。かつて同じ質問を五つ用意して五軒の占師をまわってみたところ、彼らの答えがそれぞれアベコベで違っているので、それ以来、占師というものを信じなくなってしまった。そして三年ほど前、某誌に「占師に挑戦す」という一文を書き、自分の透視能力や霊感に自信のある人がいたら、こんな私に挑戦してほしいと書いたが、一人として申し込んでくる占師はいなかった。

以上のような理由から、私は占いやそれに類するものを信じてはいない。信じてはいないが、その有用価値はみとめているつもりである。あれは外国における牧師や神父さんと同じように、悩む人のグチを聞いてやり、迷う人に元気を与えるぐらいの役割はしているわけだ。

その上、私が占師に興味を持つのは、彼らがどんなにトボけて、巧みに弁舌をふるうか、それを観察したいからである。たとえ、自分の占いが当らなくても、それをウマく誤魔化《ごまか》せる占師を、私は名占師だと思っている。

もう三年ほど前だが、Tという占星術の予言家に会った。白髪で秀麗な顔だちをしたこの占星術師は、一見、大学教授的なしゃべり方をしたが、その年の世界の運命を占ってもらうと、十一月にカルフォルニヤで大地震があるという。

私はそれを記憶していて十一月中、毎日、新聞を注意して読んだ。だがカルフォルニヤで大地震などという記事は一度も遂にあらわれなかった。

「あなたの星占いは当りませんな」

野暮《やぼ》とは百も承知で、私は彼に電話をかけた。

「カルフォルニヤに地震など、ありませんでしたよ」

受話器の奥で彼は一瞬、絶句した。しかしそこは名占師、エヘンと咳《せき》ばらいをして、

「いや、私の星占いは絶対、当る。しかし最近、時々、狂うことがあるのは……」

それから、彼はおもむろに言った。

「人工衛星が星の波長を狂わすからです」

四年ほど前に私は東横線のある駅で、「高嶋易断」と書いた易者の家のあるのをみつけ、従妹《いとこ》とたずねていった。もちろん、遊び半分にである。

道々、私は従妹に、

「おい。同じたずねるなら、イタズラをしてやろうじゃないか」

すると、私の従妹は大悦びで賛成した。

「いいかい。君と俺とを恋人どうしにするのだ。そして親がゆるさぬ仲だと言おう。この嘘が、

あの易者に見破れるかどうか、ためそうじゃないか」

こうして悪い我々二人は、神妙な、うなだれた表情をして易者の前に坐った。ちょうど夏の暑い夕暮で、この家の庭で油蟬《あぶらぜみ》がミイミイ鳴いていたのを今でも憶《おぼ》えている。浴衣の襟《えり》をはだけたその易者は、筮竹《ぜいちく》をガチャガチャさせていたが、

「風疾《はよ》うして林動き、犬走って猫追いかけるか。なるほど、わかったな」

それからジロリ、私の従妹を見て、

「なあ、あんた、妊娠しとるだろうが」

そう言ったのである。さすがに従妹も仰天して、

「まア、失礼だわ。あたし、そんなこと、してませんわ」

「そうかね、妊娠しとらんか」

それから、この易者が言った言葉を私は今でも忘れることはできぬ。

「しかしィ……この男のそばにおると、妊娠しやすいとな、易に出とる」

私はこの古狸《ふるだぬき》のような老易者の迷言にほとほと感心し、むしろ好感さえ持ったくらいであった。

このように、さきほどの占星術師と言い、この老易者と言い、その弁解にはむしろユーモアがあって憎めない。これをもし「当っておらん」と怒るなら、怒るほうがむしろ野暮というものであろう。

不幸つづきのなかで得た霊力

雪谷にYさんという女霊媒がいて、来た人の体についている死霊を呼びだすという話は、私は前から耳にしていた。一度、たずねてみたいと思っていた矢先に、「主婦の友」のS君から是非たずねてくれとの御注文である。

「あたしも行ってよろしいですか」

こういうことは、私と同じように三度の飯より好きな妻までそう言うので、その日、「主婦の友」のS君、それにA嬢、私たち夫婦の四人はおそるおそる、この霊媒の家を訪問した。特にA嬢は死んだ弟さんに会いたいという希望を強く持たれていたようである。

車を乗りすてて道を左に折れ、右に曲り、ともかく、うろうろしたあげく、古い小さな家をやっと探しあてると、玄関に人の良さそうな小柄な婆さまが出てきた。これが霊媒のYさんであった。

通された座敷には祭壇があって、そこには「天照皇大神《てんしょうこうだいじん》の照らします野や山に御霊を集いて、ひたすらに世の諸人の諸事を清浄の戸口を開いて我寿つるの如く長し」と書いた掛軸がぶらさがっている。その横に甲冑《かっちゅう》に身をかためた加藤清正の絵もぶらさがっている。

「わたすはねえ」Yさんは身の上話を始めた。「もう不幸つづきですすてねえ。イッバンはずめの主人は自動車事故でなくすますし、嫁にきて十日目に、わけのわからん病気をすましてねえ。それにあんた、この姑《しゅうとめ》というのが、そりゃまア、ヤキモツのづよい人ですてねえ。この主人は私が三十五歳の時、なくなりましだが、はア、そすて、私もその主人の位牌《いはい》に、『わたすも、まだ若いんですから、一人ではこのまま暮らせません』そう言うて再婚すたところが、二番目の主人がこれまた、はすにも、棒にも、かからん大酒のみで、私、どんな苦労をすたかしれませんよ」

そうした不幸のなかで、昔から信仰していた天照大神《あまてらすおおみかみ》の御利益《ごりやく》により十二年前から現在の霊力が身についたのだという。もっともそれを導いたのはBさんという女性で、この方は十三歳の時、一度、死んだが、親たちが棺《ひつぎ》のふたをしめようとした時、息をふきかえした不思議な力の持主だそうである。

「あの写真がその人でございますよ」

なるほど祭壇の左端に、黒い着物を着た婦人の写真がおいてある。

このYさんの家には学生らしい青年の部屋があった。息子さんかと思ってたずねると、下宿人の一人だそうである。

「私は、あんた、食事つきで七千円で下宿さすとるですよ。私は、霊力のほうでは別にお金を儲《もう》けようとは考えておりません。ただ御近所の方で困っておるお人があれば、たのまれればやるというのでねえ」

豆狸《まめたぬき》がついておる……

その御近所の方も二人、既にお見えで、さっきから我々のために茶を運んでくれている。

私ははは
アとその時、思いあたることがあった。というのは七年ほど前に、これも面白半分でNHKの若い人と篠《しの》つく雨のなかを千葉の霊媒をたずねていったことがある。漁村のなかにある家で、その霊媒もYさんと同じような婆さまであり、ここと同じような祭壇があり、そして近所の人という婦人が三人ほどやって来た。そしてこの近所の人というのは、霊媒婆さまが、霊の言葉をワメいたり、怒鳴ったりする時、それを解説したり、あるいは質問したりする役目をしていたのである。

あの時は滑稽だった。私が近頃、何をするのもメンドクサくなったと言うと、この千葉の霊媒婆さまはまず燈明をあげ、数珠を手にまき、我々のわけのわからん祈禱《きとう》を唱えたあげく、手を水車のようにまわし、私の体をさわって、

「ゲー、ゲー」

嘔吐《おうと》でも催したような声をあげた。仰天した私に、その近所の人が、

「あんたの体の悪い所に手が当ると、ゲーゲー、言われるのです」

神妙な顔で教えてくれたのである。そして婆さまの手は虫のようにわが体を這《は》いまわり、とりわけ私の頭にふれた時、ゲーゲーの声は烈しくなった。つまり、私の体のなかで一番、悪いのは頭だというのである。

「豆狸がついておる。この男に、豆狸がついておる」

と、この婆さまは叫んだ。私が何をするのも面倒臭くなったのは、私に怠け狸がついており、それがさせる業だというのである。あまりのことに私もびっくりし、終にはおかしくなりゲラゲラと笑いだしてしまったが、今日はたとえ、どんなことを言われてもふき出したりするような不謹慎な真似はよそう、と心に固くかたく、言い聞かせたのであった。

会いたかったよォ、会いたかったよォ

「で、その霊力というのは」と編集部のS君が聞いた。「一体、どんなものですか」

「はい。私の体をかりますて、死んだ仏さまが話するのですよ。霊が出ます時、女なら右から、男なら左から出てくるですよ」

講釈はもういい。早く、その実験を見せてもらいたいと私が言うと、Yさんは少し機嫌を損じたのか、

「私には、あんたが結婚前につき合うておられた女までわかるのですよ」

とジロリ、私と妻のほうを向いて言った。私は思わず頭を縮めてペロリ舌を出した次第である。

ともかくもまず第一に（死んだ弟に会いたがっている）A嬢のために祈禱してもらうことになった。念のために言っておくと、私の忠告で、A嬢は弟に会いたいなどと前もって一言も言わぬ。それでも、もし出てきた霊が弟なら、この霊媒婆さまの霊力はかなりのものだろう。

やがてモンペにはきかえ、数珠を手にして祭壇の前にペタリと坐った婆さまは、

「ハアー。かけまくもかすこくも、ここにA……と申すます女が参りまして、大神さまにお願いごとがございます。なにとぞなにとぞ聞き入れて下さいませ……」

という意味の祈禱をやり始めた。そのうしろでA嬢もS君も私たち夫婦も厳粛そのものの顔をして端坐している。もちろん、近所の人という二人の婦人も大真面目で左右に坐っている。庭には真昼の光がダリヤの花をカッと照らしている。私はなんだか妙な気持になってきた。と、突然、

「ヒャアー」

びっくりするような奇声をあげ、この婆さま、畳から一尺ほど、飛び上ったではないか。そして大きな音をたてて彼女がふたたび落下すると、凄《すさ》まじい埃《ほこり》がモウモウと畳から舞い上った。

「おう、会いたかったぞ、会いたかったぞ」

婆さまは髪ふり乱しながら、A嬢の腕にしがみつく。いよいよ、霊が彼女に乗り移ったわけであろう。

「ああ、なつかしい。会いたかった、会いたかった」

会いたかった、としきりに連呼するが自分が男なのか女なのか、一体だれの霊なのかは婆さまの口から出てこない。

「一体、だれですか。あなたは」

A嬢もそこは心得て、そうたずねると、

「わかるだろう、ワタシ。わかるだろうが、ワタシだよ」

「ワタシって言ったって、わかりません」

「ワタシだよ。ワタシだってば」

手っとり早く自分の名前を名のればいいのに、この霊、姓名まで失念したのか、「ワタシ」「ワタシ」と叫びつづけながら、犬のようにA嬢の前を這いまわり、横にいた私の妻の髪をやにわにグイと引っぱったから驚いた。髪の乱れた妻はびっくり仰天、真蒼《まつさお》な顔をして逃げようとする。

「ワタシだってば」

今度はA嬢の首にしがみつき、眼もあてられぬ。私はおかしいやら、A嬢に気の毒やらで、

「弟さんじゃないのか。死んだ弟さんじゃないのか」

やっと誘い水をかけると、婆さまは急に、

「そうだよ。姉ちゃん。会いたかったよォ」

急に弟の口調になりだしたのは、余りに現金すぎるというものである。

「姉ちゃん、姉ちゃん、あんた幸せかい」

「お、お前が死んだのに、幸福なはずがないでしょう」

「幸福になってよ。姉ちゃん。俺がついているからね、姉ちゃん」

今まで自分の何者かを口に出せなかった霊が今や、しきりに「姉ちゃん」を濫発する。私はもうおかしくてならず、縁側のほうに出て深呼吸をしようとすると、左側の部屋から、ここに下宿している学生であろう、スポーツシャツを着た青年が、こちらを当惑したような表情でチラッと見たのが印象的だった。

腹違いの妹？の霊、あらわる

座敷では相変らず「姉ちゃん、姉ちゃん」と叫びながら、婆さまが這いまわっている。這いまわって愚妻を今度は追いかける。

「逃げないで下さい。逃げないで」

助手格の近所の婦人がしきりに、たしなめるが、髪も乱れ、異様な顔をした婆さまが這って追

いかければ、愚妻ならずとも、仰天して逃げたくなろう。

意を決して、私は妻をかばうように彼女と婆さまとの間に坐り、

「では、私に関係ある霊を出して下さい」

そこは健気《けなげ》な夫、妻を救いたい一心で身を犠牲にしようとしたのであるが、

「お前じゃ、ねえッ」

婆さまは立ち上りざま、どうしてか私の脳天をイヤというほど、平手で叩いたのである。いや、婆さまが叩いたのではない。霊が叩いたと訂正したい。しかし、これはかなり痛かった。

私の代りにつかまったのは、可哀想な編集部のS君だった。平生から石のように真面目一点ばりの彼は、私のように不謹慎にふき出したりせぬ。エジソンの如く二宮尊徳先生のごとく、

「会いたかったぞ、会いたかったぞ」

そう叫ばれても、

「はい、はい」

姿勢をきちんとして、うなずいてみせる。

「兄ちゃん、会いたかったぞ」

今度はさっきので懲りたのか、霊は自分の身分をあかした。兄ちゃんという以上、S君の死んだ弟か妹というわけになる。

「どなたでしょうか」

「白ばっくれるんじゃないよ、兄ちゃん、あたしだよ。死んだ妹だよ」

私ならそこはズウズウしいから、「おう、死んだ妹のお前か」と、こちらも調子を合わすところだが、

「死んだ妹、はてナ」S君はしきりに首をひねり、「私には妹はいるが、健在です。嫁にいっとるが健在です」

「嘘言うじゃないッ。わかっとるくせに。死んだわたしだよ」

「嘘言うなと言われても、本当に、私には死んだ妹はおらんのですから」

「あんなこと言って……」と婆さま。

私はまた助け舟を横から出さねばならぬ。

「S君、腹違いの妹さんでもいないのですか」

「そう、きっとそうですよ」近所の婦人もなんとか、とりつくろおうと懸命で、「腹違いの妹さんでしょうが」

「いや、私にはそういう妹がいたとは、今日まで聞いておりませんが……」

真面目そのもののS君は断固として亡妹の存在を否定する。こうハッキリ否定されては、婆さまとしては、面目まるつぶれで、

「そんなに白ばっくれるなら、もう今後知らないから。面倒みないから」

怒鳴りながら、今度はやっと私のそばにやってきた。

その霊はマッサージじょうず

「わたすは（S君のほうを指さし）、これの亡くなった祖母でござえます」

「はアはア、さようでございますか。いつもS君にはお世話になっております」

「あんた。あんたはいつもバカげたことばかり言うとるが、もう少しマズメなことも言うて下さいよ。今や、この世は真暗じゃ。あんたにはこの世をあかるくする力がある。なにとぞ、この世をば、あかるくして下され」

「お言葉ではありますが、私は別に電燈会社の人間ではありませんので、世をあかるくすることはできません」

「わからん人だねえ。わたすが、あかるくせよと言うのは別のことだに。あんた、首をもんでやろう」

この霊はなかなか親切で、立ち上ると私のうしろにまわり、首を指圧してくれる。意外となかなかうまい。

「うまいですな。生きておられた頃、マッサージのほうもおやりだったのですか」

「………」

返事の代りにプッ、頭に唾をかけられた。さっきは頭を撲《なぐ》られ、今度は唾をかけられる。私とはどうも相性が悪いらしい。

最後にカメラマンの祖父というのが出現して、兎のように駆けまわって撮影している若いカメラマン氏に向い、説教を始めた。

「どうぞ、お茶を一杯くだされ」

近所の婦人が恭しくお茶をささげる。

「ああ、結構なお茶でござる。これ、わすはお前の古い祖先である。お前は何をやっとるのか」

「はい、写真の勉強です」

「写真の勉強か。まだまだ腕が未熟じゃ。まだまだじゃ」（古い祖先なのに写真のことなども知っており、モダンだな、と私が呟《つぶや》くと）

「わしは曾祖父である。お前はまだまだ修業せねばいかんぞよ。店を変えてはいかんぞよ」

この霊は、カメラマンと町の写真屋とを混同しているらしい。

「それから、三十になるまで女に近づいてはならんぞよ」（それはあんまりだ、可哀想だ、と私が非難すると）

「何を言うか。ああいう男の言うことは聞いてはならん。女は魔性である」

私はまだまだくり展げられているこの霊媒婆さまの熱演にだんだん飽きて、縁側に避難した。さっきの学生が窓の向うで勉強をしている。コンパスや定規を使っているところを見ると、どうやら工学部の学生らしい。私は婆さまよりも、この家に下宿して毎日、霊の実演の声を聞かねばならぬこの学生の心理に興味があった。なんだか、ドストエフスキーの小説に出てくる学生の下宿生活のような気がしたからである。

幽霊屋敷探険

好奇心が人一倍、強いため、年甲斐《としがい》もないことを時々やっては失敗する。だがこの好奇心の虫が騒ぎだすと、もう、どうにもならぬ。つとめて自制しようとしても駄目なのだ。そんな時は「小説家が好奇心を失うと、もう駄目なのさ」と自分で自分に弁解する。

もう十年ほど前、やはりこの好奇心の虫が騒ぎはじめて、全国の幽霊屋敷を探険してまわろうと思いたった。

そこで当時、連載していた週刊誌の掲示板という欄に「幽霊の出る家、場所を御存知の方はお知らせ下さいませんか」という依頼をのせてもらった。

その結果、親切な読者から、五十通ちかくの手紙や葉書を頂戴したように憶えている。わが日本にはこんなに幽霊が沢山でるのかと、今更のように感心したものだ。

ところがそれらの手紙や葉書に、「では、こちらからおたずねしますので」と返事を書くと、急に風向きが変ってきた。

「その家は二年ほど前にとりこわしになりました」

「自分の祖父の代まで幽霊が出たが今は出なくなりました」

話がなんだか怪しげになっていく。

結局、五十通ちかい手紙のうち五通だけが残って、私は友人と早速、たずねて歩くことにした。その訪れたなかに、名古屋の中村遊廓《ゆうかく》で時計が十二時になると、必ずとまるという家があった。私たちが行った時はちょうど、赤線が廃止になった後だったから、昨日まで遊客たちでにぎわっていたあのあたりが、まるで夕暮れの撮影所のセットのように虚《うつ》ろで、ガランとして問題の家も、案内してくれた人が戸をあけると、閉めきった空屋の臭いがまずプンと鼻についた。梅雨どきだったから庭には雑草が生えしげり、歩く廊下も白く埃がたまっていた。たくさんの部屋はまだ畳がしいてあったが、その畳が湿気で湿っている。私はその中にたつと、まだここに来た男と女との愛欲が粘りっこくその畳にも壁にもこびりついているような気がしてならなかった。

案内してくれた人の話によると、この家は前から真夜中になると、どんな時計もピタリととまると言う。何でも大正時代に、ここで時計屋の小僧が自殺したことがあるので、その恨みではないかと、案内人は真顔で言うのだった。

私は一応、ホテルに戻って、十一時ごろまで仕事をしてから、友人とかねて用意してきた目覚時計と懐中電燈とをもって、さっきの家に出かけた。さすがに真夜中に空家にもぐりこむのは気持がいいものではない。

「で、結局、どうなったのですか。出たんですか、時計はとまったんですか」

私と友人とは目覚時計を畳の上においてあぐらをかき十二時の来るのを待った。十一時五十八分ぐらいから、私の胸は好奇心でドキドキとしはじめ、その音が耳にきこえるぐらいだった。実際、生涯のうち、あの時ほど時計のカチカチいう音を意識したことはない。

むしむしする日で、外は雨こそ降ってなかったが、湿気が庭にも家にもこもっている夜だった。私は煙草に火をつけ——

「煙草のことなんか、どうでもいい。それよりとまったんですか。とまらないんですか。時計は」

まア待ちなさい。話というものには呼吸がある。横からヤアヤア言われると話の腰をおられたようで、どうも面白くない。結論をすぐ急ぎすぎるのが現代人の悪い癖だ。余裕というものがない。生活とはそういうものではないな。イチタス、イチは二というような割り切り方はどうも気に食わん。イチタス、イチはサンでもヨンでもいいではないか。読者諸君もそう思いませんか。

いつの間にか話が横にそれてしまった。さて私は煙草をすい、目覚時計をじっと見つめた。十二時に長針と短針とが重なりあった時、私の好奇心は絶頂に達して胸は破裂せんばかりだった。友人のゴクリと唾を飲む音が、規則ただしい時計の音にまじってきこえ、それからその針が十二時一分の黒点に移行した。時計はとまらなかったわけである。

この家だけでなく、他の四軒の幽霊屋敷も訪れてみて、幽霊にぶつかったことは一度もなかった。思えば野暮なことをしたものである。

幽霊屋敷などは探険するものではなかった。あれは野暮な行為である。ベールをかぶせたものは、決して中を覗《のぞ》くものではない。おかげで私は当分のあいだ、怪談などを読むのが馬鹿々々しくなり、あのロマンチックな存在に憧《あこが》れの気持を失ってしまった。

だが今でも、本当に幽霊の出る家がまだあるのではないかというかすかな望みがないわけでない。読者よ。どこか正真正銘の幽霊屋敷を御紹介して下さいませんか。

初の競馬観戦

競馬場で競馬を見るのは初めてである。いままで友人が夢中になって予想表を見ているのをながめながら、なんであんなものがおもしろいか、とハナ先でせせら笑っていたのである。それを本紙（「報知新聞」）の記者から一度おいでとすすめられて、一度くらいなら、とこの中山競馬場にやってきた。

いやひどい混雑である。車の置き場所はないし、人の数は野球場より多い。どの人も私のさっぱりわからん馬の名をつぶやき、あの馬はこんどは仕上っていないとか、このレースには弱いとか語り合っている。馬の名前は長たらしくて舌をかみそうだし、それに単だの連複だのむずかしくて、正直私にはちんぷんかんぷんであった。

それを記者からひとつひとつ初歩のかけ方をおそわって、ちょうど始まった七レースの馬を見せてもらった。あれが元気だ、あれが締まっている、といわれてもいっこうにわからん。とにかくあてずっぽうで券を買う。だがたかをくくりながら、レースを見はじめ、馬が疾走し、左右の人々が騒ぎはじめると、いままで冷えていたこっちの気持が興奮してきた。こりゃおもしろいぞ、という気になってきた。馬が間近で走る時間は二、三十秒くらいだが、その二、三十秒のスリルが背筋を走ったからである。

券は全部ダメだったが、八レースを十枚買った。これもダメだが、おもしろさはさっきより深くなった。レースの間に馬券を買っていると、いろいろな人に肩をたたかれた。いずれも思いもかけぬ昔の知人で、私のきているのにびっくりしている。こちらもびっくりして手を握る。昔入院していたときの友人など、みんな私と十年ぶりの再会だからだ。競馬場にくると旧友たちに出会えることがはじめてわかった。

先輩の柴田錬三郎氏もいる。だいぶもうけたと笑っている。「じゃあ先輩、有馬記念はどれを買えばいいか教えて下さい」というと、「おめえ、⑤—⑦を買え」という。こちらは初心者だから迷わずそれを二枚買っておいた。当らなかったら「柴錬さんをうらむ記」で原稿を書いてやろうと、それほど期待もせずいよいよ九レースを見た。

さすがにこのときは人々の興奮最高潮で、一団となってこちらに馬が走ってくるうちに電光の数字がめまぐるしく変る。アレアレ、たしか柴錬さんの教えてくれたスピードシンボリが出ている。アカネテンリュウも出ている。こりゃどうしたことだ。欲が出た。ツバを飲みこんだ。⑤—⑦である。なんといっていいかわからん。「神様、仏様、柴錬様」という気持である。

初心者はやはり当日、競馬通の先輩か知人のツキにおぶさることだ。こうなってはこんどの競馬もぜひこようと考えはじめている。あれほど競馬をバカにしていた自分がどこにいったのか、われながら情けない話だ。柴錬さん、ありがとう！

オレは天下の団十郎

チカンを演《や》ってください

もう五、六年前になる。映画監督のK氏から電話が突然かかってきて、

「御存知でしょうが、私は今、あなたの友人の吉行淳之介さんの作品を撮影しているんですがね」

「ええ、知ってますよ」

「そのあるシーンに御出演ねがえませんか。お時間はとらせません。台詞《せりふ》も多くない筈です」

「ぼくを役者として使う？　ほォ。あなたは、なかなか眼が高い人だな。立派なもんです」

私は自分を俳優として認めてくれたこの監督に感謝しつつ、

「それで何の役に出してくれるんです？」

「それが……チカンの役ですが」

「チカン？　チカンと言いますと……？」

「痴漢です。電車のなかで女性のお尻にさわったり、ヘンなことする痴漢です」

「うむーゥ」

電話を切ってから、さすがに私も迷った。友人の原作の映画化である。協力したいと思う。しかし役が痴漢となると、考えこんでしまう。

平生は独断専行主義の私も、この時ばかりは決めかねて、家族に相談してみた。一番反対したのは、水戸《みと》から来ている女中さんだった。

「もし旦那さまが、そんな役で出るなら、あたし、お暇を頂きます」

平生から彼女は思ったことをポンポン言う娘さんだが、この時もハッキリしていた。

「なぜ？」

「なぜって、そうなれば、あたし、恥ずかしくって八百屋にも魚屋にも行けません。故郷の弟たちがその映画みたら、何と言うでしょう」

「しかし君……ぼくは痴漢の役をやるだけで、痴漢になるんじゃないんだぜ」

「いいえ。同じようなものです」

女中さんフッティの世の中である。私としては折角の申しこみを断わるのは、さすがに残念だったが、背に腹はかえられなかった。出演を辞退したのである。

妻のほうはそんな私を見て、苦々しげに、

「またですか。いい加減にその病気も治らないんですか」

とつぶやいた。

ミュージックホールの舞台に立つ

妻が言う病気とは、私が小説家でありながら役者としてテレビや舞台に出ることだ。たしかに彼女や先輩、友人の忠告してくれる通り、素人《しろうと》のくせに本職の役者のマネはしないほうがいいのかもしれない。しかし人間、もって生れた性格や癖というものは、なかなか治らぬのである。私は実は大学を出た時、文士になるつもりはなかった。映画の世界、舞台の世界に大いにアコがれていたのである。

忘れもしない昭和二十四年の松竹映画会社の採用試験で、もし落ちていなかったなら、私は今のように小説家になっていなかったろう。そのかわりに三船敏郎か小林桂樹のような渋い、うまい役者になって、読者の皆さんをキャアキャア言わせてたかもしれぬ。あの時の松竹の試験官は吉村公三郎氏や木暮実千代さんだったが、ああ、惜しいことをしたもんだ。私を落すとは……。

試験に失敗したので、今のように別の世界に進むようになったが、映画に役者として出たい、舞台に役者として立ちたいという気持は、年がたっても一向になくならなかった。

作家という職業柄、もちろん、テレビに出ることはある。しかし我々がテレビに出る時は、たいてい対談である。我々がホールの舞台にたつのは講演をするためである。対談をしながら、講演をやりながら、私はいつもこう思う。

（チェッ。もし、この舞台を役者として歩けたらな。チェッ。もしこのカメラが俺を俳優としてうつしたらな）

今から十五年ほど前、先程の吉行と安岡章太郎と私の三人は、ある日、日劇のミュージックホールを見ていた。三人ともまだ芥川賞をとっていない頃だったから、素寒貧《すかんぴん》の時代で、時々、そうやって顔を合わせるのであった。

その日、ミュージックホールではコントや奇術をやっていて、皆さん御存知のE・H・エリック氏が司会者で、縄ぬけ術をやるという女性奇術師を舞台に立たせ、

「お客さんのなかで、彼女を縛ってくれる人はいませんか？」

と言った。

安岡と私とは、すぐに舞台に這いあがった。そして客たちの笑うなかで、その女性奇術師の手足をウンウン言いながら縛っていると、その頃、我々とは未知の間柄だったエリック氏が感にたえたような表情で、

「縛り方が実にうまいなア。あんたたち、日本通運のほうにお勤めですか？」

と言った。

翌日、私は遠い知人たちに次のような葉書を懸命に書いた。

「お元気ですか。小生も元気でおります。最近は日劇の舞台でエリックさんと共演しました」

新珠三千代さんと共演

小説家になってからも、私の役者にたいするコンプレックスと願望とは、一向に消えなかった。私はしばしばテレビのプロデューサーやディレクターに接近し、食事を奢《おご》っては彼等を買収して、ドラマの端役《はやく》にでも出してもらおうと試みたが、世の中はそんなに甘くはなかった。

当時、私は駒場《こまば》に住んでいたが、近所に新珠三千代さんが住んでおられた。家にくるマッサージ師は彼女の家にも治療に行っていたから、この人の話で、私は彼女の家の間どりを全部、知っていた。つらつら考えた末、私はこの新珠さんに自分の哀《かな》しい願いをうちあけ、助力を乞おうと考えた。

ある偶然で、ある雑誌が彼女と私との対談を計画した。対談が終ったあと、同じ方向だから車が一緒で、その車のなかで私はオクメンもなく、このことを彼女に話した。

「まア」

と彼女は言った。

「ほんとですの？」

「ほんとです」

「わたくし……考えてみますわ」

正直いって私はこの時、あまりアテにはしていなかった。女優というものは社交儀礼上、その場限りの愛想をよく言うからである。

それっきり、この話を忘れて月日がたった。春が来て夏が来て、秋が来て冬が来て、一年たった頃、テレビでは三浦綾子さんの「氷点」が人気を集めている時だった。

突然、ＮＥＴのＫという演出家から電話がかかってきた。

「新珠さんから聞きましたが、本気ですか？」

「本気です」

「本気ならば、やってもらいます」

「どういう役でしょうか」

「新珠さんの相手役です」

私はその時、「氷点」を恥ずかしながら読んでいなかった。どんなスジ書か、どんな人物が出てくるのかも知らなかった。しかし新珠さんの相手役と聞いた時、その言葉は愚かな私に、二枚目の美男子の役を連想させ、私は思わず顔が真赤になった。

「台詞はあるでしょうか?」

「もちろんです」

とKディレクターはハッキリと答えた。

「次の火曜日にスタジオにきてください」

愚かな私は、その日、二枚目きどりで散髪屋に行き、一張羅の背広に身を包んで、俳優がよくやるように指をポキポキならしながら、テレビ局に出かけていった。

その私をテレビ局の人は、一言もいわず衣裳《いしょう》室に連れていった。そして一張羅の背広をぬがせ、ヨレヨレのジャンパーを着させて、油で煮しめたような手ぬぐいを腰にぶらさげさせ、草履をはかせた。私はひどくみじめな気になり、どんな役かとたずねると、

「安アパートのウラぶれた管理人の役です」

と局員はつめたい声で答えた。

読者のなかには、あの人気番組の「氷点」を御覧になった方も多いと思う。しかしその方たちも、憐れな私がどこに出ていたかは御存知ないだろう。

御存知ないのも無理はない。私はたしかに出演はしていた。出演はしていたが、画面に出てくる私は背中しかうつされていなかったのである。新珠さんの相手役にはちがいなかったが、それは黄昏《たそがれ》の海べで憂いをふくんで彼女と歩く二枚目役ではなく、彼女の一米先に立ってアパートの一部屋の鍵《かぎ》をあけるウラぶれた管理人の役であった。

しかし、このテレビがうつされた時、私は熱っぽい眼で画面をみつめた。そして遠い知人たちに次のような葉書を書いた。

「お元気ですか。小生も元気でおります。最近はテレビ『氷点』で新珠三千代さんと共演しております」

遂に劇団結成

私はこの世には、私と同じような男女が多いにちがいないと思った。生涯に一度は舞台やスクリーンに立ってみたいが、生来内気だったり、生活上、そういう機会がなかったりして、今は別の職業や家庭の主婦として毎日を送っている人はきっと多いにちがいないと思った。

ある日、家に遊びに来た友人のF君とN君とで、そんな話をしているうちに、

「じゃあ、そういう同好の人を集めて素人劇団をこしらえましょうや」

と急にF君が言った。

そうか——そんないいアイディアが、なぜ今日まで頭に浮かばなかったかと、ふしぎだった。もし自分たちの手で劇団をつくれば、何もテレビで端役で出なくても、好きな通り、好きな役を満喫できるわけである。

野球の好きな町内の連中が集まって、草野球のチームをこしらえるのと全く同じように、芝居をやりたい連中で、素人劇団を作ろうじゃないか。私は手をうって大きくうなずき、早速、F君とN君との三人で、この劇団を結成することにした。

私たちの呼びかけに——集まった。集まった。私と同じような気持の人は、東京だけでもウジャウジャいたのである。おたがい初対面ではあるが、サラリーマン、教師、主婦、学生——そういった同好の士が、その翌月、人に聞き、友人から耳にしたと言って集まってきた。

私は皆に言った。

「これはプロの劇団じゃありません。だから、おたがい喧嘩《けんか》をしないでやっていきましょう」

「賛成！」

「全員が一人残らず舞台に立てるような芝居をえらびましょう」

「賛成！」

「あとで恨ミッコなしのため、役はクジ引きできめましょう」

「賛成！」

「会費は年に二千円でいいでしょうか？」

「賛成！」

衆議一決。無謀にも、我々はその翌年にシェイクスピアの「ロメオとジュリエット」をやることにきめたのである。

テレビで名演技？

N君が新宿の紀伊國屋ホールを四万円で予約した。私は演出家だけはプロの人に頼みたいと思い、シェイクスピアをよく上演する劇団「雲」にノコノコ頼みにいったところ、劇団の人も笑いながら、専門家の中西由美先生に話をしてくれた。

台本の読みあわせがはじまった。座員は四十人だったが、このうち私を除くと過去に芸歴のあるのはF君とH氏だけ――その芸歴といってもF君の場合、軍隊の軍旗祭で馬の足をやったというのであり、H氏の場合は、小学校の学芸会でリア王の役をやらされたというわけだから、あとはおして知るべしである。

最初のうちは忍耐づよく、我々に演技をつけておられた中西先生が三日目ぐらいから、次第に絶望的な表情をされるようになってきた。私は、今日まで人間があんなに絶望した状態を見たことはない。先生は女性だし、決してお怒りにならなかったが、情けないような哀しいような、自暴自棄になられたような顔で我々の稽古を見ながら、両手で頭をかかえられた。

だが我々のほうは嬉しさいっぱい、得意満面だった。昨日までアパートで主人の世話、子供のお守《も》りをしていた主婦の人が、明日はシェイクスピアの書いた宮廷の美女となるのである。昨日まで会社と家とを満員電車で往復していた若いサラリーマンも、明日はその宮廷の騎士になるのである。

私たちは全部に役をつけるため、色々、苦心をした。主役のロメオさえも、一幕ごとにかわるようにして三人をえらび、ジュリエットだって、それに合わせて三人にしたから、第一幕でノッポのロメオが二幕目でデブになり、三幕目でチビに変る。ジュリエットも同じである。観客はきっと頭が混乱したにちがいない。しかし我々はやるだけで満足だったのである。

当日、客の入りを心配する必要はなかった。何しろ素人劇団だから、その家族と友人たちが面白がって定刻三十分前から、あの紀伊國屋ホールの前にズラリと行列をつくったのだ。中には「うちの子が本当の劇場で芝居に出ると言うけん」と我が子の晴れ姿を見るため、浜松から駆けつけたお母さんもいたくらいである。

幕があがった。あれほど暗記していた台詞なのに、舞台に立つと一番目のロメオがすっかりノボせてしまい、失語症のようになっている。額から脂汗がでている。「早くやれ」「どうしたア」と観客席から声がかかる。我々はヘトヘトになって、三時間の「ロメオとジュリエット」をやったつもりだが、観客は「丹下左膳」とまちがえたかもしれぬ。

あれから三年になる。三年になっても、この劇団は解散になるどころか、年々、座員が増加して今は六十人ちかく。東都第一の素人劇団になってしまった。昨年は「ハムレット」をやり、今年は「真夏の夜の夢」を上演することになっている。たった一年に一回だが、みな、首を長くしてこの日を待っているわけだ。

目下私は、四月はじめまでつづくテレビドラマ「大変だァ」（NET系）に毎回ゲスト出演することになっている。自分の小説のテレビ化だから、放ってはおけない。ヒチコック監督ばりに、大工やら医者やら、作曲家やらに扮《ふん》して、名演技?をお見せしているつもりだが、皆さん、どう思いますか?

一人角力《こりあんひとりずもう》

粗忽《そこつ》について

「そそっかしい」と言う言葉と「粗忽《そこつ》」という言葉のどちらが古いのか、わからない。しかし辞書を引くと粗忽という言葉は軍記物に使われているようだから、昔の武者たちにもそそっかしい者がいたのだろう。

私にも粗忽というか、早合点する悪い癖があって、時々、穴があれば入りたくなる思いがする時がある。

もう二十年ちかく前、ジャーナリストの某氏が急に亡くなられたという知らせがあった。その人にはそれまで原稿のことなどで時々、世話になった私はびっくりして氏の家の場所を聞き、霊前にそなえる果物籠を持って飛んでいった。

教えられた場所でバスをおりると既に夕暮れであたりは暗い。さいわい、先に来られた人が電柱に故人の家を示すハリ紙をはってくださっていたから、ほの白く読めるその紙の指示通りに、一軒の家にとびこんだ。女の方が出てこられたので、頭をさげ、哀悼の意をモゴモゴのべていると彼女は、

「変なこと言わないでください」

とキッとなって、

「うちでは誰も亡くなっていません」

ときつい声を出された時は頭がクラッ、クラッとなった。失礼、と叫んで外に飛び出たが、瞬間、持参した果物籠を今の家の玄関におき忘れたことに気づいた。今更どうにもならず、ノコノコとまた玄関の戸をあけ、

「果物籠、わすれました」

と蚊のなくような声を出した時の哀しさ、今でも忘れられぬ。

そんな粗忽な性格の上に年のせいか、近頃、もの忘れがはげしい。はじめて紹介された人の顔や名もすぐ忘れるので更に恥ずかしい思いをする。

二年ほど前、借りていた仕事部屋のあるマンションにピーターという有名な歌手が住んでいた。時々、エレベーターで一緒になり、二言、三言、話をかわして別れるぐらいだったが、ピーターさんはやがて何処《どこ》かに引っ越してしまった。

そのピーターさんとその後、テレビ局でバッタリ顔をあわせた。なつかしい思いで、

「あたらしいお住まいはどうですか」

と私がたずねると、気に入っていますと答える。あの管理人さんはまだ九官鳥を飼っていますよ、と教えてやると、キョトンとしている。だがそれから何を話しても通じない。我々のいたマンションのことはピーターさんはすっかり忘れたようである。

「家賃をまたあげると言っています」

「そうですか」

それからピーターさんは私の顔をじっと見て、

「わたくし、研ナオコと言うんですけど」

と恨めしそうに言った。真赤になったが、そばにいた人がそう言えばピーターさんと似てるわね、と取りなしてくれたのが、せめてもの救いだった。

二ヵ月ほど前、仕事で京都に行った。私はせわしい性格でもあるので、家を出る十分ほど前に手さげ鞄《かばん》にポンポンと必要なものを放りこむ。ついでに洗面所で洗面道具とそこにあった息子のものらしいチューブ入りのヘア・クリームを入れて家を出た。

京都では講演をやることになっていた。だからホテルにつくと顔をあらい、乱れた髪にヘア・クリームをつけた。

私は近頃、髪のうすくなるのが気になり、テレビのCMではないが「私は私なりに髪を」手入れしているのである。だが、この時つけた息子のものらしいヘア・クリームはものすごい臭いがした。雲仙の温泉で嗅《か》いだような硫黄の臭いがするのである。

びっくりして、チューブを見た。見ると資生堂という字と脱毛クリームという字が印刷してあるではないか。眼の前、たちまちにして暗くなったような気がした。一本の毛も失うまいとして毎日養毛液を懸命にふりかけていたこの大事な頭に、なんと家の女たちの一人が使う脱毛クリームを私はたっぷりつけてしまったのだ。

必死で水洗いをしたが不安は去らない。私はその夜、自分の頭からベッと髪がなくなるような気がして、あまり眠れなかった。

白夫人のこと

前に私は白夫人のことを書いた。白夫人とは何をかくそう、我が家に十年以上、住んでいる雑種の犬である。雑種ゆえに皆からバカにされるので、私は時には彼女をペルシャ犬と偽り（ペルシャ犬などはこの世に存在しない）、時には彼女をマダム・ブランシュ（訳すと白夫人）などと言って彼女の肩を持ってきたのである。

ところがどうしたわけか、ＮＨＫテレビの人が彼女の出演を求めて来られた。あたらしくはじまる番組のトップに「犬と猫」をテーマにしたい。そのためにお宅のシロを貸してくれないかと言われるのである。

局の人の話によると、それは勝手知らぬ地点に放した犬が果して飼主の家まで戻れるか、どうかのマジメな実験だそうである。私はまるでタレントのマネージャーのような気持になり、シロがみなに馬鹿にされぬことと、自動車に轢《ひ》かれぬように気をつけて頂くことをお願いしてこの話を承知した。

当日、十人ほどの局の人が来られた。あわれシロは黒い目かくしをされ、局からまわされた立派な外車に乗せられ何処《どこ》かに連れていかれた。目かくしをするのはシロが途中で帰り路をおぼえぬためだそうである。

わが家の前にはトランシーバーを持ちジャンパーを着たディレクターがたえず、向うの地点にいる人と連絡をしている。つれていかれたのは人間の足で十分ぐらい離れた駅のそばで、そこでシロは目かくしをはずされたのである。

「あの犬は利口ですから」と私は威張ってディレクターに言った。「二十分以内に戻ってくるでしょう」

そして私は家の前に立ってシロが駆け戻ってくるのを待った。だがどうしたのであろう、二十分たっても四十分たっても彼女の姿は見えてこない。ディレクターはあわれむように私を見てトランシーバーで連絡してくれた。

「もしもし、シロはどうしていますか」

「まだ駅前でウロウロしています」

一時間後、

「もしもし、シロはどうしていますか」

「さっき魚屋のなかに入って叱られました」

局の人たちは眼をそらせ、私は何と弁解していいのかわからず、何度も「お茶を飲んでください」と呟《つぶや》き、そのたびごとに局の人は「いえ、結構です」と遠慮された。

「もしもし、シロはどうしていますか」

「今、どこかの塀《へい》に背中をこすりつけて遊んでます。家とは逆の方向に行きました」

私は心のなかでシロの馬鹿野郎、主人に恥をかかせやがって、と思った。しかし局の人の前ではそういう顔もできず、

「仕方のない犬ですなァ」

と鷹揚《おうよう》なところを見せていた。

結局、シロは普通、十分で帰れるところを一時間四十分もかかって戻ってきた。途中で猫を追いかけたり、女の人のスカートに首をつっこんだためである。局では戻ってきたシロが私の胸に飛びこむ感激的シーンを待ちかまえていたが、事実は別で彼女は私のそばを走りぬけると、そばのドブの水をピチャピチャ飲んで恥をかかせた。

それが放送された日、折あしく友人が三人ぐらい来ていた。画面が出ると恰好いい服を着て猟犬を連れているアラン・ドロンがあらわれ、次にピーター・フォンダという長髪の俳優がこれも由緒ありげな犬と野原を駆けまわる姿がうつされ、それからうすぎたないシロとサンダルをはいてヨタヨタ歩く私が画面に出た。

友だちは吹きだし、番組が終ると兄から電話がかかり、情けない犬だ、家門の恥だと言った。北杜夫からも電話がかかり、うちの娘がシロちゃん馬鹿ね、と申していましたと言った。

この頃、家の前を通りかかる女子高校生たちが庭のなかを覗きこんで、これが、あの駄犬ねとクスクス笑う。シロはそれを見ても吠えもせず、大きな欠伸《あくび》をして、居眠りをしている。

焼《しよう》酎《ちゆう》礼《らい》讃《さん》

「人間は死ぬもんじゃ、ありません。自殺するものです」

とむかし私を診てくれた医者がつぶやいた。彼の説によると、今の人間は酒、タバコ、夜ふかしのマージャンなど寿命を縮めることを自分から進んでやっている。だから彼等は知らずに漸進的な自殺をしているのだと言うのだ。

なるほどと私は思った。だが、なるほどと思っても、それを実行できないのがイケない点で、相変らず毎夜、酒をのみ、毎日、タバコをふかしている。

もっとも私は昔、手術をして肺が一つしかない。肺ガンは肺があるからなるのである。私の場合は人より肺が半分しかないのだから、肺ガンにかかる確率も普通人の半分しかない。したがって人並みの肺ガン率になるためには人より二倍、タバコをすわねばならぬのである。

なにか運動をせよ、と言われても怠け者の身ゆえ、私は動くのが面倒くさい。自分で動くのが面倒くさいから動物好きになったぐらいだ。動物とは文字通り「動く物」である。私が縁側で寝そべっていても動物のほうが自ら動いてくれるので、好きなのだ。

しかし私が自分の健康に留意していないかと言うと、必ずしもそうではない。毎日、昼に「原始長命食」という粉を食べる。これは読者の方から教えていただいたもので、大さじ一杯の胡麻と大豆とをひいたものに蜂蜜《はちみつ》と牛乳とをまぜ、それを一日一回食べればいいと言う。もう十年ちかく昼飯はこれだけ、わずか大さじ一杯の量だから、イタダキマスと言って食卓に向っても二分間で食事が終る。

歩かなければ足腰が弱くなりますよと人に言われたが、歩くのも面倒くさい。面倒くさいからゴルフもしない。そんな私がまだ足腰がなえないのは一年以上もやっているダンス練習のせいかもしれない。

今の世のなかでは私のような男が堂々と女の子をだけるのはダンスしかないと私はある日、気がついてダンスの練習をするようになったのである。

週に一度、慶応のダンス部にいた若い先生が鞭《むち》がわりに傘を手にもって教えてくれる。三時間ぶっつづけに若い友人たちとタンゴ、ワルツの練習をする。怠けていると容赦なく傘でピシャッと叩かれる。しかし女の子をだいて歩くのだから、ゴルフなどよりずっとたのしい。

酒は好きだが、近頃の日本酒は甘ったるく体にベトつく感じがする。

「じゃあ、焼酎をやってごらんなさい。あれは蒸溜酒ですから体に残りません」

友人にすすめられ、酒屋で鹿児島焼酎を買ってきた。焼酎といえば戦後、大学生だった頃、闇市の葭簀《よしず》ばりの屋台でカストリと共に飲んで以来、手にしなかった。

久しぶりで口にふくむと、懐かしいガソリン臭い味がする。しかし三日、四日つづけているとその臭いがおいしくなる。

焼酎には二十五度と四十五度の二つがあるがいずれも酔いは早くくる。しかし酔いがさめるのもまた早い。晩飯の時、これを飲んで二時間ぐらい寝て眼をさますと心身ともに爽快《そうかい》である。酒のようにベタッとした感じがいつまでも残らない。私はすぐに机に向って仕事ができる。

何よりいいのは値段が安いことだ。一升が六百円前後。

それで若い友人たちが遊びにくると、テーブルの上にこの焼酎の一升瓶《びん》とジョニ黒一本をおき、焼酎をまず飲ませる。オンザロックにしてコップ二杯ぐらいで若い友人が酔ったところを見てから、

「焼酎は、それだけだと悪酔いしなかったが、他の酒とあわせて飲むと、ひどく苦しくなって辛かった」

とおもむろに話をする。そうすると、もう誰もこわがってジョニ黒に手をつけぬ。五人の客が酔って帰ったあと、六百円の焼酎瓶はカラになっているが、ジョニ黒は無傷のままだ。おかしくて仕方がない。

忘れえぬ人々

夜、一人で酒を飲む。そして、あれこれと物思いにふける。庭の一角にある雑木林で時々、眼をさました鳥が妙な声で鳴く。池にながれこむ小さな滝の音だけが聞える。そのほかはまったく物音もしない。

そんな夜、酒を一人、のみながら、ああ、あの人は今、どうしているだろうと不意に思うことがある。幼い時、遊んだ友人や、辛かった時、親切にしてくれた友人のことが胸しめつけられるほどの懐かしさで甦《よみがえ》ってくる。と、急に泪《なみだ》が眼ににじむ。私も年をとった。

この年になると、テレビをみても映画を見てもすぐ泣きはじめる。西部劇でホロ馬車隊と護衛の兵隊たちとが、広い草原の一角まで来て、そこでたがいに別れる。そんな何でもないことでも泪が出てくる。人生における離別ということが連想されてくるからかもしれない。

幼年時代から少年時代にかけて、私は満州の大連《たいれん》に住んでいた。大連はロシア人がつくった街でポプラやアカシヤの樹が至るところにあった。学校に行く時、そのアカシヤの樹の下で満州人の物売りがマントオや椀に入れた白い汁を売っていた。学校の帰り、そのアカシヤの樹の下でロシア人のパン売りや満人の曲芸師が客を集めていることもあった。私は曲芸師のいる時はいつも前にしゃがんで、自分と同じ年頃の子供が逆立ちをしたり、はねたりするのをじっと眺めていた。毎朝、満人の野菜売りが家にやってきた。片言の日本語で野菜を売ってはどこかに去っていく。十五か六の少年なので私の母が同情していつも買っていた。

その彼が三、四日、来なくなった。五日目頃姿をあらわし、病気で休んでいたため、ほかの大人に仕事をとられたと母に話をした。母は更に同情して、この少年をうちのボーイさんに引きとった。ボーイさんというのは当時の大連の日本人の家庭に時々みかけた男のお手伝いのことである。

彼は日本語がよくしゃべれなかった。親も兄弟も遠くにいるらしく、一度は兵隊に行ったこともあるという。当時、満州の軍部は少年でも兵隊にやとったのであろう。

彼は私を溺愛《できあい》して可愛がってくれた。兄にくらべ、少しウスノロで、何をさせても不器用で、いつも鼻をたらし、その鼻を洋服の袖でふいている、少し間のぬけたような少年を彼がなぜ、あんなに可愛がってくれたのかわからない。冬、さむい日、彼は私を学校につれていき、学校から戻ると自分の仕事の合間をみては遊んでくれた。兵隊にとられた時おぼえた捧《ささ》げつつの恰好を帚《ほうき》でやってくれ、石けりを教えてくれた。私が親に叱られていると、そばに来て片言の日本語で、

「ハヤク、アヤマルヨ。ハヤク、アヤマルヨ」

としきりに言った。

私は酒をのみながら彼に会いたいと思う。あの時、十五か六だったから今は六十に近い男になっているだろう。自分が少年の頃、やとわれた家で遊んでやった日本人の子供のことはもう忘れたにちがいない。しかし、私は一人、酒をのみながら、彼がまだ中国のものになった大連で生き

ているなら、会いたいと思う。

その頃の私を可愛がってくれた女中さんたちにも会いたいと思う。十年ほど前に天草に住む女性から不意に手紙をもらった。むかしあなたの家で働いていたことがあったと書いてあった。記憶をたどるとその人がいたような気がする。返事を出し、しばらくは手紙を交換していたが、やがて人違いとわかった。しかしその人からは今でも新茶を時々、送って頂く。

こうした随筆を利用してこういうことをお願いするのは邪道かもしれない。しかし大連で「周ちゃん」と呼ばれていた勉強のできない鼻をいつもたらしていた少年をまだ憶えておられる人がおられたら、どうぞお手紙でもくださいませんか。

私の女友だち

このところ頭が痛い。そして首がいたい。

頭のいたい理由はわからないが、首のいたい理由はわかっている。

あれは半月前ほどのことだった。朝食をとりながらテレビをひねった。と、画面に曾野綾子さんの顔が出て、聞き手の男性に彼女が、つい、この間たずねた中国の旅行談をしゃべっている。

「では曾野先生がその時、おうつしになった八ミリを拝見しましょうか」

男の人はそう言うと、画面にぼやけた北京の路がうつった。自転車に乗った中国人たちが朝、出勤している風景だとおぼろげながらわかった。おぼろげながらわかったのは彼女が八ミリを始めてうつしたらしく、画面の人たちがみなブレているからだ。

そのうち田舎の風景が出た。何の変哲もない山が出た。

(なんでこんなツマらん山をうつすのか)と考えているうちに、その山が途端に横にひっくりかえった。車がひっくりかえるように山が、横にひっくりかえったのである。

「どうしたのです」聞き手の男性もびっくりして「画面が横になりました」

「ホ、ホ、ホ」と曾野さんは騒がず答えた。「わたし、八ミリも普通の写真機と同じように横にしても撮影できると錯覚したものですから、ホ、ホ、ホ」

そのあと横になった山や家が画面にいつまでも続く。朝食をとっていた私も茶碗と箸《はし》とを持ったまま、首を横にしてテレビを見つづける。テレビが終り、その首をもとに戻そうとしたらガキッと音がした。筋をちがえたらしい。その後、今日まで首がいたむのだ。

首がいたいまま、昨夜、所用あって夜遅く帰宅すると、家人が佐藤愛子さんの家に強盗が入ったと言った。

「おう、ついに……入った……か」

私はびっくりし彼女にお祝いの電話をかけたが生憎《あいにく》、留守だった。

お祝いの電話と書くと読者は奇異に思われるであろう。友人の家に強盗が入ったというのに見舞いといわず、お祝いと言うのが。これには、ふかーい、ふかーい理由《わけ》がある。

もう二年ほど前、曾野綾子さんや司葉子さん、その他、女性の物書きの家を狙って強盗が入ったことがある。曾野さんの家では縛られた夫君の三浦朱門がこの強盗を蹴倒《けたお》したという武勇伝がある。

その時、北杜夫とか私のような佐藤愛子の友人は心をいためた。この強盗は曾野綾子さんや司葉子さんのように、マア、顔だちのそう悪くない女性ばかり狙っている。そうするとある程度、美的感受性のある強盗らしい。だから彼がいまだに佐藤愛子さんの家に侵入しないのは、その強盗から「入る資格もない不美人だ」と思われているためではないか——友人としてそれが心配だったのである。

それはうちの娘はブスだから、ボーイフレンドもできないことを悲しむ父親の心理に似ていた。彼女はそうとは知らず、

「必ずうちにも入りますよ」

と強気を言っていたが、半年たち一年すぎ、二年の歳月がながれても佐藤さんの家に泥棒猫一匹、こなかったのである。それが遂に強盗が入ったのだ。おめでとうと言わざるをえないではないか。

今朝、彼女から悦びの電話があった。

「とうとう、来ましたネ。北さんからもおめでとうと言ってきました」

よかったねえ、と私も複雑な気持で呟くと彼女はその時の模様を威張って話しはじめた。

「泥棒は私を見て、お前が佐藤愛子か、佐藤愛子かと三度くりかえしましたよ。そして私の威厳におされてね、何もとらずに去っていったですネ」

思わず私は黙った。即座にその時の泥棒の心理が手にとるようにわかったからである。美的感受性のあった泥棒がホンモノの佐藤さんをはじめてみてそれが写真とあまりにも違うのにおどろき、

「お前が本当に、佐藤愛子か」

と三度くりかえさねばならぬ心理がわかったからである。その心理の説明を私はここに書く勇気を持たない。賢明なる読者の推察にまかせよう。

泥棒は何もとらずに去った。それは愛子さんの威厳にうたれてでなく、夢やぶれた人間の幻滅と悲哀とによるものだと私は思う。

猛妻

猛妻という言葉は日本語ではないだろう。第一、字引をひいてもかような文字はない。しかしこの言葉は東大国文科を優秀な成績で御卒業になり、志賀直哉先生の直弟子でもあり、日本語の使い方にうるさい畏友《いゆう》、阿川弘之氏がつくった言葉である。

猛妻は外見は温和《おとな》しい。客の前では美智子さまのように控え目で微笑をしている。だから世間では彼女を猛妻だとはつゆ思わない。温和しい人ですね、などと言う。温和しいか、どうかは亭主だけが知っている。

自らの女房の本当の性格を知るためには自動車運転を習わすといい。運転の技術には当人の性格が露骨に出るからだ。

私の場合、猛妻が運転免許をとったのは十二、三年前である。免許をとると中古の自動車を手に入れた。当時、運転のできなかったあわれな亭主は助手席、もしくは後部の席に乗せられた。そして彼女の運転する車にのると、必ずといっていいほど、亭主は額や膝《ひざ》に内出血のアザをこしらえた。

なぜなら猛妻はその性格を運転技術に反映してか、車をスサまじい勢いで発進させせ、スサまじい勢いで停車させるからである。そのたびごとに亭主はフロントに頭をぶつけ、膝を車体に打ちつける。タンコブと内出血のアザはたえまなかった。

それだけならいい。それだけなら、まだ我慢できる。しかし運転中、無茶な追い越しをする車や、運転者が女とみてからかうダンプがあると、猛妻は憤然として窓から顔を出しバカヤローとか、ヌケサクというような罵言《ばげん》を叫ぶのである。

あわれな亭主は再三、そんな女性らしくない喧嘩はしないでおくれと哀願したが、車の運転は本人の本性をあらわすとみえ、バカヤロー、オタンチンは一向になおらない。だがもし向うのダンプの運ちゃんが「なにイ」と言って車からおりてくれば、相手をせねばならぬのは結局、亭主だから、それ以後、彼はそういう場合、

「この女と私とはまったく関係ありません」

という表情を車内でつくるように努めた。

ある年の正月、この亭主は猛妻と子供とをつれて京都に行った。そして正月二日目に、嵯峨《さが》の苔寺《こけでら》を見物に出かけた。正月なのに苔寺のまわりは若い男女や家族づれでいっぱいである。

苔寺のちかくの駐車場に猛妻が車をおいている間、子供がおいてあっただれかの車にもたれた。その時である。この駐車場を管理している婆さまが子供を怒鳴りつけた。

「何してんのや、この子は、傷をつけたら、どないすんのや」

後日、知ったがこの婆さまのコワさは苔寺の周辺でも有名である。タクシーの運転手さんも「苔寺は忘れても、あの婆さまを忘れてはあかん」と言っているくらいだ。

子供はびっくりして半泣きになった。車からおりた猛妻は、

「なんですの」

はじめは温和しく聞いた。婆さまは、

「これ、あんたのところの子か。他人の車にもたれよって車体に傷でもつくったらどうすんのや」

「冗談じゃないわよ。そのくらいで傷なんかつくもんですか」

「傷つかんでも、他人の車にさわらさんとき。親の仕つけがわかるでぇ」

婆さまの大声に路を歩いていた若い男女や家族づれがふりかえった。こういう時、あわれな亭主は猛妻と子供から離れて電信柱のかげにかくれるのが常である。巻きぞえはくいたくないのさ。

「へえ。そんなに怒鳴ると」と猛妻は喧嘩を買ってでた。「あんた脳卒中を起して死ぬわよ――」

「卒中おこしても、そっちに治療代だしてもらうんやないわい。いらんお世話や。それよりその仕つけの悪い子をちゃんと教育しいや」

「いらんお世話はそっちでしょ。うちの子をちゃんと教育しようが、しまいが、あんたの知ったことじゃないわよーダ」

みんな、婆さまと猛妻と子供とを笑いながら見ている。にもかかわらず婆さまと猛妻とは大声をあげて叫びあっている。

あわれな亭主は電信柱のかげで神さま、仏さま、何とかして下さいと頼むより仕方がない。みなさん。こういう時、どうしたらいいのでしょう。

私のデート

もう半年ほど前、郵便物のなかにインドネシアから来た外国郵便が一通まじっていた。差出人は十四歳になる日本の少女で、手紙には向うでの自らの日常生活が漫画入りで書かれていた。その手紙があまり面白く、あまりに可愛かったので返事を送った。

十日に一度、時には一週に一度、彼女から長い長い手紙が来た。インドネシアでの学校生活のこと、友だちから聞いたこわい怪談、自らのボーイフレンドの話が相変らず漫画入りで書かれている。

娘のいない私には、十四歳の女の子はこんなことを考えるのか、こんな本を読んでいるのかとそれぞれの手紙がたのしかった。長い返事を送りたいが、こちらは多忙なためについ走り書きになる。それでも彼女は相変らず長い長い手紙をくれる。

その彼女が父上の転任でアメリカに行くことになり、五日ほど日本に戻ると知らせてきた。私は早速、葉書を書いてその時は一度、会いましょうと言った。

こうして雨のふるある日、私たちははじめてデートした。デートといっても十四歳の少女とそのお父さんと同じくらいの年である私のデートである。

十四歳ぐらいの女の子は自らを子供あつかいにされるのをひどく嫌うと聞いたことがある。だから私はデートの間、彼女を一人前のレディーとして扱おうと決心した。その決心はなかなか楽しいものだった。

そこで私は三つぞろいの背広を着て、英国紳士のように雨傘をもって彼女に会いにいった。手紙で想像していた通り、可愛い少女だった。私はお父上や母上が何時に帰宅するようにおっしゃったかをたずね、九時半と聞いてうなずいた。

麻布の小さいけれど小綺麗《こぎれい》な仏蘭西《フランス》料理のレストランに彼女をつれていった。十四歳のレディーは満足してくれて、おいしそうに何でも食べてくれた。私がうちの息子は父親である私をバカにして困りますと言うと、彼女は今度、彼に忠告の手紙を書きましょうと言ってくれた。

「どう書くのですか」

フォークをおいて私がたずねると、彼女は目をつむって考えたのち、

「お父さまをバカにすると、わたしが承知しないぞ……そう書くわ」

と答えた。私はこの手紙をもらった時の息子の顔を想像して可笑《おか》しくてならなかった。

レストランを出て外を少し散歩した。さいわい雨はあがっていて六本木の通りに大道易者が出ていた。大道易者は酔っていたのか、眼がわるいのか、彼女の手相をみたのち、私の顔をジロッとながめ、

「この人とあんたは結婚できませんぞ」

と言った。彼女はマアーと叫び、私はびっくりして、

「君、年のちがいをよく見てくれ」

と叫んだ。易者は、

「失礼しましたッ」

とあやまった。

九時半に彼女を御両親が泊っておられるホテルまで送った。

「さようなら」

と彼女は私ののっている車に手を何度もふった。翌々日、日本からアメリカに去っていった彼女は、出発前にインドネシアのスポーツ・シャツを私に送ってくれた。あつい国のものらしく、着ると涼しく肌ざわりがよい。

アメリカからまた手紙がくる。相変らず楽しい漫画入りである。この少女とのデートのことは今日まで何度も思いだす。そして、あんな年頃の娘が自分にもいたらいいなあと考える。

嫌がらせの年齢

「よオ、遠藤か」

夜、机にむかって仕事をしている時、そばの電話がなる。受話器をとりあげて耳にあてると、

「よオ、遠藤か」

ひどく狎々《なれなれ》しい言いかただ。同じ小説家仲間のXかな、Yかなと思ったが、それにしては声がちがう。

「だれ？」

「だれじゃ、ないだろ。俺だよ、〇〇だよ」

〇〇という名は時折、息子から聞いたことがある。息子の友人の一人なのであろう。私は咄嗟《とっさ》に息子の声色をまねた。

「ああ」

「どうすんだよ、明日。やるのか、やらないのか」

「なにを？」

「なに言っているんだい。お前、頭がボケてんじゃねえのか」

「そうかな」

「そうさ。ボケ頭だよ」

ここで私は自らの声に戻って、重々しく、

「一体、どちらに、かけておられるのでしょうか」

「あれエ？　遠藤じゃないの」

「わたしは遠藤ですが」

相手は受話器の向うにいるのが父親のほうだとわかり、もう蚊の鳴くような声で、

「スミません。ぼく、失礼しました。あの、わからずに」

「いえ、どうせボケ頭です。息子はいませんよ」

年をとると、どうしても意地悪になる。

私の家の近所に林があって、そこでよく夜、若い男女が立話をしている。時には車をとめて二人とも身動きもしない変なのもいる。この頃、私は夜になって犬をつれ散歩をするが、そういう場所にくると、三匹の犬の鎖を放し、犬が若い男女のそばをグルグル、クンクン嗅ぎまわるにまかせている。

向うのほうはシッ、シッなどと言っているが、犬たちは人語を解さないから、相手の迷惑などおかまいなく、すぐそばで片足をあげて小便をしたり、女の子の靴の臭いをかいだりしている。

本当に困ったことだ。

しかし私はこういう年寄りの嫌がらせは決して悪くないどころか、世のなかに貢献していると

信じている。なぜなら近頃、父親が娘の機嫌をとるようになり、年寄りが嫌がらせをしなくなったから、夜の十二時ごろ教師のかりているマンションに女の子が行って酒をのみ、まことにスキだらけなことをするようになったのだ。あの事件は教師も悪いが、娘たちもスキがありすぎる。

近頃の父親は娘に甘すぎる。甘いのは結構だが妻や娘から、頭が古い、とか、若い者の心理を理解しない、と攻撃されるのがコワさに、ついつい、夜間の外出時間も昔にくらべて大幅にみとめているらしい。

これはとんでもないことで、もし娘を大事にする父親なら彼女の門限は七時半にきめるべきである。それ以後は十五分ごとに電話で居場所と誰といるかを連絡させ、その男の子が九時までに送ってこないなら、以後は断固として交際させぬようすべきである。今度の事件だってあの女子学生たちが「父に叱られますから」と言えば教師も諦《あきら》めて早く帰したにちがいない。

日本の父親は今日から年頃の娘の門限は事情のない限り七時半にすべきである。ワメこうが泣こうが、頑としてその鉄則を原則的に主張すべきだ。

好きな死・好きな墓

リヨンに留学をしていた頃、友人をたずねてそのアパートに行った。私の顔を知っている門番のお婆さんと入口で、少しばかり話しあい、そのまま友人の部屋にのぼっていった。

我々が談笑している間に、門番のお婆さんは掃除をすませ、

「ドッコイショ」

と椅子に腰をかけた。その瞬間、心臓がおかしくなってあの世に行ったのである。

お婆さんのことを思いだすたびに、そんな死に方はいいなあ、と思う。死の寸前まで働いていて一休みしようと思ったのが、永遠の休息になってしまったのだ。苦しくもなくアッとくる死。まことそんな死は悪くない。

私の知っている外人神父さんで、睡眠時間を切りつめて働いている人がいる。

「いい加減に休んだら、どうだ」

と忠告すると、ニヤッと笑って、

「今、休まなくても、やがてイヤというほど休息できるよ」

と答えた。そういえばそうかも知れない。

新聞をみると時折、

「プロレスを見て興奮し、死亡」

という老人のことが小さく出ている。我々はプロレスが半分はショーだとは知っているが、この老人は何もかも本気にして、悪役に怒り、アントニオ猪木《いのき》に声援しているうちに興奮のあまり心臓の発作を起して死んだのであろう。そういう人の死は、半ばお気の毒だけれども半ば羨《うらや》ましい。大いに楽しみながら、その楽しみのなかであの世に行けるなんて何という幸福だろう。この人は前世できっといいことをされたにちがいない。

私は日本の墓地はあまり好きではないが、いつぞやの夏に長崎市の皓台寺《こうだい》という古刹《こさつ》を歩いていたら、本堂の裏にあるたくさんの墓のなかに心をひどく惹《ひ》かれたものがあった。

墓は苔《こけ》むして小さい。むしろ可憐《かれん》といっていいほどのものであった。しかしその墓のそばに大きな楠《くすのき》が植えられていて、楠の葉影がつよい陽をさえぎって墓をいたわっている。風がふいて葉がゆれるたびに、墓におちた葉影も動く。そしてその墓からは長崎の海を見おろすことができる。

私は汗をふきながらその墓のそばに腰をかけ、こんな思いやりのある墓をつくってやった遺族のやさしい心根を思った。そしてもし自らもやがて死んだなら、墓のそばに葉のよく茂る樹を植えてもらいたいものだと思った。詩人ミュッセも自らの墓にひともとの柳を植えよと言っているが、私は柳よりも楠のような南国的な樹のほうがいい。

あつさに弱い私はこうした葉影の下に眠りたい。私は今、庭の一角に棚をつくり、糸瓜《へちま》と瓢簞《ひょうたん》とをそこにからませようとしているが、やがてそこにブラブラと実がぶらさがる時、その下で午《ひる》睡《ね》をするためである。もしゼイタクが許してもらえるなら墓の上に瓢箪なり、糸瓜の棚をつくってもらい、友人たちがもし来てくれるなら、その下で氷アズキでも食べてくれたら、どんなに嬉しいであろう。

こういうことを考えるのは志のひくい男にきまっている。

というのは昨日、泥棒で名をとどろかした佐藤愛子さんに電話をして、君死んだらどんな墓を作ってやろうかな、などと話すと、この女性は、

「わたしは北海道の岬《みさき》の果てにうめてもらいたいですね」

と妙なことを言った。

「もともと墓なんかいりませんから、火葬にした灰を太平洋に捨ててくださってもいいですけど」

そのほうが友人たちとしては安あがりだし手間もかかるまいと私は思ったが、

「しかし、なぜ、北海道の岬の果てにうめてもらいたいのですか」

私の質問に彼女は声をあげて、

「わたしは死んだあと太平洋をにらみ、外敵から日本を守りたいのです。コンパク、ここに、とどまりて……」

私は馬鹿くさくなって電話をきった。

わが庭・わが池

夏になると浅草のホオズキ市と不忍池《しのばずのいけ》のほとりの植木市は欠かさず見物にいく。不忍池の植木市は江戸納涼祭といつも一緒に開かれているが、池をめぐる散歩道に涼しげに水をかけた盆栽、植木がずらりとならび、それにまじって鈴虫、松虫、キリギリスを売る店も出ているので、えもいわれず楽しい。

私は盆栽などいじる柄ではないのだが、ここにくるたびに、つい、小さな鉢の二つ、三つは買ってしまう。そういう鉢も毎日水さえかけてやれば枯れないもので、わが書屋の屋根に板をおき、そこに並べておいたものが毎年、数がふえていった。

この植木市がつきたあたりからは子供の頃のお祭りを思いださせる夜店が左右に並んでいる。去年の夏のある日、ここで金魚すくいやラムネ屋や迷子札を売る店にまじって、私は箱庭の家や橋などを売るおじさんを見つけた。

これも昔はよく眼にしたものだが、近頃では縁日にも顔をださぬ品物である。わらぶきの家がある、小舟がある、釣りをする男もある。朱塗りの神社も鳥居もある。

私は左右の手にビニール袋に入れた鉢と二匹のキリギリスを入れた籠とを持っているにかかわ

らず懐かしさのあまりそうした箱庭の家や橋や小舟を思わず買ってしまった。

家に戻るとキリギリスの籠は庭においたが、箱庭のつつみは戸棚のなかに入れて、ついぞ忘れてしまった。

二匹のキリギリスはその夏の間、わが家の庭で鳴いていた。秋になった頃、なぜか一方の片足がなくなり、やがて一匹だけになり、それも死んでしまった。

この間、ふと思いだして箱庭のつつみを戸棚のなかから探しだした。

どこに箱庭を作ろうかと考えた揚句《あげく》、ひとつは風呂場に、ひとつは庭の小さな池に飾ることにした。

さいわい、我が家の風呂は窓と風呂との間に植木鉢などをおく場所がある。そこに土を埋め、まず庭から羊歯《しだ》をぬいて植えてみた。そして羊歯のつきたところに金魚屋から白い石を買ってきて並べ、溶岩をおいて山に見たてた。それから朱塗りの神社や鳥居をおき、山と山との間に小舟をうかべ、橋の上に釣りをする男をおいた。

風呂に入りながら、この箱庭の風景をじっと見ていると、自分で言うのもおかしいが、どこか山奥の温泉に来ているような気がするから妙である。

羊歯は強い植物とみえ、水もやらぬのに風呂の湯気だけで青々と茂りはじめた。その緑を背景に箱庭の風景をみるのは決して悪くない。

これに味をしめて、庭の小さな池にまず滝をつくった。モーターで水をおとすのは多少、金がかかったが仕方がない。岩からおちる小さな滝にそって、また羊歯や庭にある雑草を植えた。滝はそれらの葉をぬらし、安ものの鯉と金魚の泳いでいる池にさわやかに落ちるのである。その池のほとりに、また朱塗りの神社や鳥居をおいた。これでいかにも深山の滝にみえるから妙である。

毎朝、眼をさますと、その池を眺めにいく。仕事につかれると、その池のそばに腰かける。夕暮れ、涼しい風のふく時、また池の前にしゃがんでいる。羊歯の間をぬって滝がおちる。その音をきき、神社や鳥居をみていると、まるで深山幽谷に遊んでいる心境である。

と、自分では思っているのではあるが、この随筆を書くにあたり、担当のK記者にこの深山幽谷をみせると、

「なんだ。田舎の安料理屋の庭みたいですなア」

と吐きだすように言った。

ああ、風流を解さぬ者はあわれである。わが高尚なる趣味と境地を理解せぬ者は悲しい。しかし私はこの池によって毎日、心たのしみ、心慰められているのだ。

髪

子供の時、猫になりたい、と思ったことがあった。たしかその頃、読んだ子供向けの話のなかに、鼻先だけが白くて体の黒い猫がいて、こいつは一日、何もしないで寝ている。色が黒いからネズミはこやつと闇との区別がつかぬ。のみならず彼等はこの猫の鼻先の白さを御飯粒とまちがって近よってくるので、寝たままネズミをつかまえられる。

そんな話を読んで猫になりたいと母親に言ったら、叱られたことがあった。

中学生の頃はヤジさん、キタさんの話をよみ、これはひどく感激した。岩波文庫の黄帯をわざわざ買ってきて、膝栗毛《ひざくりげ》を何度も何度も読みかえし自らは将来、ヤジさん、キタさんのような人物になろうと大志を抱いたものである。この影響はいつまでも心に残っていて戦争中いやな目に会うたびに膝栗毛を読んだ。そして人間がまだ信じられるという気持になった。

もっとも中学の頃、ヤジさん、キタさんを真似て東海道を逆に関西から東京まで歩いてみようと考え、同じようなニキビ面の仲間を一人さそって、宝塚から京都に向ったが、途中でくたびれてしまってこの企ては一日でやめた。理想的人物になるのはなかなかムツかしいのである。

たいていの男は一生に一度はオーケストラの指揮者か白バイの警官をやってみたいと思うそう

だ。三島由紀夫氏がそんなことを言ったと聞いたことがあるが。私は特にオーケストラの指揮者になりたいと思ったことはない。しかしそう言われてみれば、その気持わからぬでもない。日曜日よく見ている山本直純氏の「オーケストラがやって来た」の番組に一分間指揮者というコーナーがある。主婦や高校生が生れてはじめてタクトを懸命にふってオーケストラを指揮している表情が微笑《ほほえ》ましい。照れくさそうな顔あり、クソ真面目な顔あり、その顔を見ているだけでこの番組は面白い。

ところが、そのテレビ番組から、あなたも一度、指揮してみませんか、と言ってくれた。たった一分間だが、ベートベンの「第九」の第四楽章にタクトをふれと言うのだ。

「合唱はつくのですか」

「もちろんです」

こういうと、いかにも私が音楽ができそうだが、私には悪い癖があって、ピアノのあるバアなどに行くと、ホステスの前でわざと指をポキポキならし、

「ひさしぶりで、ショパンかリストでも弾いてみるかな」

などと深刻に呟《つぶや》く癖がある。もちろん戦中派の身だからピアノどころか楽譜さえ読めないのである。

私は芥川也寸志《あくたがわやすし》氏に電話をかけて第九の四楽章の指揮の仕方を三十秒で教えてほしいとたのんだ。彼曰《いわ》く、

「オイチ、ニと数えながら棒を上にあげ、オイチ、ニと数えながら棒を下にさげればいいの」

そのやり方を更に若い友人夫婦に教えてもらって、当日、八王子の公会堂に出かけていった。ところがびっくりしたことには小沢征爾《せいじ》氏がアメリカから戻ってこられて、山本さんと指揮をするという豪華な番組なのである。なるほどオーケストラだけでなく、男女の合唱隊もついている。私は完全にあがった。壇上に出た時、まなこ、くらみ、頭痛がし、できれば逃げだしたかった。ところが妙なことに私が指揮する前にオーケストラが鳴り、合唱がはじまった。指揮者が指揮をしないうちに曲がはじまったわけである。私は眼をつぶりオイチ、ニで棒を上にあげ、オイチ、ニで棒をさげた。眼をつぶったのは世界の指揮者のなかでカラヤンのみがそうすると若い友人に教えてもらったからである。

一分間が随分、長く感ぜられたが、指揮を終り、よく外国の指揮者がやるように額に落ちる髪を指でかきあげようとしたが――ああ、悲しいかな、既にハゲかかった私の頭ではそれは不可能だった、のである。

誰でもできる禁煙方法

ついこの間、車に乗っていたら頭に激痛が来た。脂汗が出るほどの激しい痛さだった。一晩ねてこの頭痛は幾分おさまったものの、まったくとれたわけではないので阿川弘之と三浦朱門に相談すると早く医者に行けといわれた。

こういう際なので人間ドックに入ることにした。頭痛の原因と共に体全体を調べてもらおうと思ったのである。

検査の結果、頭痛はこの若さなのに血圧のせいとわかった。ながい間私は自らを低血圧と信じていたが、酒好きなのと、酒のさかなになる塩辛いものを好んで食べていたため、血圧が高くなったのかもしれぬ。薬をもらって家に戻ると家族全員を集めてこう宣言した。

「今年は藤と作という二字が名前にある人が脳卒中で倒れる年かもしれぬ。元総理の佐藤栄作氏がそうである。遠藤周作という名も危険である。医者にきくと血圧は興奮したり怒ったりすると一番、危ないらしい。もし君たちがぼくを興奮させ、怒らせ、そのために死なせたならば、君たちは殺人者になる。牢屋《ろうや》に入らなくても人殺しとして一生クヨクヨせねばならなくなる。だからなにとぞ、ぼくを怒ったり、怒らせないでくれ」

病気にかかったら、その病気を最大限に利用してトクをするのが病気上手であって、殺人者というどぎつい言葉を私が使った時、家族は笑ったが、彼等の心理に右フックぐらいの打撃を与えたことも事実である。

かくて血圧があがって以来、私は家内がガミガミ言おうとすれば、頭が痛いと呟けばよくなった。殺人者になるのがこわくて彼女はピタリと小言をいうのをやめる。豚児が小遣いを要求した時も頭が痛いと答えればよくなった。豚児はあきらめて引きさがらざるをえないのだ。病気は最大限に利用をしてトクするに限る。

人間ドックに入っている間、もう一つトクをすることを考えて長年の煙草をやめることを思いつき、その方法を考えた。その方法とは意志の弱い男でも煙草がやめられるやり方でなければならない。私の考えた方法は次の通りである。

まず夏蜜柑《なつみかん》を幾つか買ってくる。季節から夏蜜柑はそんなに高くない。それからミネラル・ウォーターを一瓶《びん》、手に入れる。準備はこれでできる。

やめようと思ったら、それを実行するのは午後一時頃からがいい。なぜなら朝、眼をさました時と食後とが一番、喫いたいからである。当日はだから午後一時頃までは喫いたいだけ喫うがいい。そして昼食後のおいしい一本を喫い終った時、おごそかに、

「さあ、やるか」

と自分に言いきかせる。ただし、禁煙の決心は誰にもうちあけぬこと（これは絶対大事である）。

初日と二日目とは次の方法をとると楽であり、想像していたより楽に禁煙できる。それは喫いたいという気分が強まってきたら、我慢できるまで我慢して、この時、夏蜜柑の汁をしぼったものを飲む。するとその欲望は消える。時々、ミネラル・ウォーターを飲む。こうすると案外、初日、二日はすごせる。

二日の後半から三日目と四日目とが前の二日間より喫いたい気分が強くなる。

この時、狐狸庵式禁煙法が他の方法と違うのは、一服、喫えと言う点である。三日目から、どうしても我慢できなくなったなら、煙草をだして二口、三口、喫うといい。ただし喫いたい気分がその二口、三口で鎮まったら、すぐ火を消し煙草をすてる。この、どうしても喫わずにいられぬ気分は一日に二度か三度しかない。もちろん、夏蜜柑の汁とミネラル・ウォーターを飲んでも駄目な時である。

かくて四日がすぎると、ふしぎに朝、眼をさましても食後もそれほど煙草はほしくなくなる。喫わなくてもかまわぬという気になる。こうなればシメたもので、あとは初日と二日目のように夏蜜柑とミネラル・ウォーター方法を続ければいい。

これが私が人間ドックで考えた方法である。今の私はこのおかげで煙草はもう喫わない。もっとも今後一カ月以内にどうなるか、わからぬが、現在は煙草をやめている。

みなさん、実行してごらん。これでやめられぬ人は何をやっても禁煙できぬから、プカプカ、パクパク思いきり喫うより仕方がない。

運転手さん

この頃、不景気のせいか、さまざまの人が、タクシーの運転手さんに転職しているらしく、車にのると思いがけぬ出来事にあう。

この間の深夜少し酒に酔って東京の仕事場に戻る間、私はタクシーのなかで唄を口ずさんでいた。

酔って歌う唄は年ごとに変る。この頃は流行歌に飽きて「赤い靴」を歌うようになった。と、書くと私がいかにも美声で歌好きのように聞えるが、事実はそうではない。時たまわが家で私が歌うと家族は耳を指でふさぎ、庭につながれているシロめが人を小馬鹿にしたように遠吠えをはじめるのである。

赤い靴　はいてた　女の子
異人さんに　つれられて行っちゃった

この夜も車のなかで私はこの童謡を口ずさんでいた。歌の意味は考えてみると、何だか薄気味わるい内容で、人さらいか人買いを暗示しているようなところもある。

横浜の埠頭《はとば》から　船に乗って

異人さんに　つれられて行っちゃった

私がそう口ずさんでいると、五十歳ぐらいの運転手さんの口から舌うちが聞えた。チェッ、チェッといかにも怒っているような舌うちである。私は自らの唄が彼の運転を妨げたのかと思って黙った。そして客が唄を口ずさんだぐらいで舌うちをするのはどうであろうかと思った。

この時、信号が赤に変り、車は停止した。停止した瞬間この運転手さんは突然、ハンドルを握ったまま、大声で歌いはじめた。

赤い靴　はいてた　女の子

異人さんに　つれられて行っちゃった

びっくり仰天した私は、ポカンと口をあけた。堂々たる美声だからである。しかるべき舞台にだしても恥ずかしくない朗々たる歌いかたである。今まで酒の酔いのためとはいえ硝子《ガラス》を釘《くぎ》で引っかくような声をだし、同じ唄を歌っていた我と我が身が恥ずかしく、情けなくなった。そして彼がチッ、チッと舌うちをしたのは、

(なんという下手な歌い方だ)

という不満の表現であることがこの時、やっとわかったのである。

「うまい。実にうまい」

赤い靴を彼が三番まで歌い終った時、すっかり弱気になった私は手を打ってほめそやした。

「これは本格的なテノールです。まことに失礼ですがどこかで勉強なさった方ではないでしょうか」

「いや、いや」

五十歳ぐらいの運転手さんは少し照れたように首をふった。しかし私はこの人はちゃんとした声楽を勉強していたが、ただ今、不景気のためタクシーを運転しているのではないかと思い、姿勢をただした。

「恐縮ですが、別の唄を歌ってくださいますか」

彼はドンとドンとドンと波乗り越えて、と歌いはじめた。藤原義江ばりの音吐朗々としてオペラ歌手も顔まけの声量である。

「ヤンヤ、ヤンヤ」

彼が歌いおわると、うしろの客席で私が拍手する。中国風熱烈歓迎猛烈友好の拍手である。

「アンコール、アンコール」

とこの五十歳のおじさんはまた次の唄を歌ってくれる。左右を追いぬいていくあまたの車は深夜このタクシーのなかで音楽会がひらかれていることに勿論《もちろん》気づいてはいない。歌手は運転手さんであり、客は私である。

私の仕事場である代々木につくまで、ヤンヤ、ヤンヤという嘆賞の声と熱烈的拍手に満足されてか、この運転手さんは次から次へと唄を披露してくれた。

仕事場のマンション前についた時、私はメーターの金額のほかに彼が歌ってくれた唄のギャラを払うべきか、と考えたが、かえってそれは我々の楽しかった時間を傷つけると思ってやめた。

車をおり、

「おやすみ。歌を有難う」

と私が言うと、運転手さんはニヤッと笑って車を走らせていった。私も彼もこの時、幸福だったがあの人は今、どうしているだろう。

悪童

私は東京からかなり離れたところに住んでいるから、たとえば渋谷なら渋谷に行くまで一時間を見こして家を出なければならない。家から車で行く時は近道をするため小さな山を越える場合もある。山と山との間――このあたりでは谷戸《やと》というが――谷戸をぬけていく時もある。谷戸にはまだ藁《わら》ぶきの家も残っている。鳥のなく林もある。稲田も畠も見ることができる。夜に東京から家に戻る時はその稲田から蛙《かえる》の合唱がきこえてくるのも近頃だ。私が便利な国道をさけて、わざとこの谷戸をえらんで往復するのは、もう東京にはすっかり喪《うしな》われたこうした田園風景をたのしみたいためなのだ。

ところがいつか、この谷戸をちょうど抜けたところで、私はライオンを見た。それもたてがみのふさふさとしたおとなの雄ライオンである。アメリカの映画に出てくるものと、そっくりの大きな奴である。

私はもうびっくりしてしまった。車をとめ、口をあんぐりとして、このライオンに見とれてしまった。

ああ、言うのを忘れていたがライオンは檻《おり》に入れられていたのである。二人の男がホースを持って、このライオンに水あびをさせていた。そして百獣の王は気持よさそうにその水を体中にあびながら檻のなかを歩きまわっていたのである。

一体、ライオンがなぜこんなところにと思ったら、すぐ謎《なぞ》がとけた。よく見るとその檻のすぐそばに引田天功倉庫という倉庫が立っていた。有名な奇術師の奇術道具がそこに入れてあるらしい。そしてこのライオンも奇術に使う道具の一つとしてここに飼われていたのである。

だがいかにも日本的な田園風景のなかにアフリカのライオンを見るのはやっぱり不調和である。私はまるで藁ぶきの家の門にホッテントットの柱が立っているような違和感を感じた。

だが別の日、この谷戸でいかにも昔の日本の田舎らしい風景をみた。雨あがりの日で田植えを半分すませた田圃《たんぼ》のなかで、二人の幼い腕白小僧が二人、泥あそびをしていたのである。奴等はもう夢中で母親が着せてくれたらしいランニングもズボンも泥だらけにして水をすくい、おたがいにかけあって遊んでいる。

私はそこに車をとめて笑いながら彼等を眺めていた。こういう遊び方を近頃の子供はしないからである。しばらくすると、そこへ年頃の娘さんが通りかかって二人にやめろと言った。しかし二人は泥だらけの顔をこちらに向けたまま言うことをきかぬ。娘さんは諦《あきら》めて引きあげていった。私も笑いながら車に乗りこんだ。

この前、京都の郊外を走っていたら、畠を走る一本道で何台もの車がとまっている。何事ならんと窓から顔を出すと、五歳ぐらいの鼻たれが道の真中にたって両手をひろげ、車の進行をとめている。

「通さん」

威張って鼻をふくらまして動かない。とめられた車から大人が、坊や、どいてくれや、たのむよ、と哀願するのだが、鼻たれは首をふって、通してくれない。皆がホトホト困《こう》じ果てていると、一軒の家から転ぶように母親があらわれ、この子をひっかかえ、皆にペコペコあやまりながら戻っていった。さぞかし鼻たれはお尻を叩かれたであろうが、こういう子は日本に少なくなった。そしてこういう子は可愛い。

ホ　ラ

この頃、機嫌がいい。ひそかに応援していた金剛が名古屋場所で優勝したからである。もう二年ぐらい前から私はユーモアがあって、しかも陰ではコツコツと努力を怠らぬという金剛関に好意をもっていた。

もちろん彼は私のような三文文士がファンの一人だとは知らないであろう。しかし先場所に私が角力《すもう》を見にいった時、彼はそれを耳にして、

「元祖が来たか」

と呟いたそうである。私はどういうわけか（自分ではその理由がさっぱりわからぬが）ホラ吹き遠藤というアダ名を文壇の悪い仲間からつけられている。それを何かで読んだ彼は元祖が来たと言ったにちがいない。だが断わっておくが、私はホラだけ吹いて実質の伴わぬ人間は嫌いである。といって努力をしてその努力を売物にする神経の持主は更に更に嫌いである。努力をしながらそれを面に出さずホラやユーモアのオブラートで包むような人が好きである。金剛はそういう意味でも好きな力士なのだ。

この金剛を見に国技館に行ったあと、私は出口にちかい茶屋のそばで人を待って立っていた。

その時、田舎から出てきたらしい老夫婦がたちどまり、私の顔を穴があくほどのぞきこんだ。のぞきこまれると、気の弱い私としては苦笑せざるをえず、弱々しい微笑をうかべた。

「お父さん。この人ぁね」

と婆さまのほうが私の名を夫に教えた。すると相当きこしめしたらしい爺さんが、

「ふウむ、あんたが遠藤周作かね」

と言った。それから思っていたより背が高い、とか、写真より顔がええで、と言って私を悦ばせた。

「うちの息子は山田高夫というて、Nテレビにいる」

と爺さんは少し酒くさい息を吐きかけながら言った。

「あんた、知っているだろうが」

私は首をかしげて笑ってみせた。Nテレビにはたくさんの人がいるだろうが、私はそこの二、三人しか知らない。爺さまはがっかりしたように、

「山田高夫を知らんのか、あんたは」

「ぼくはそれほどテレビとつき合いがないんです。残念ながら知りませんよ」

「Nテレビの山田高夫だ。知らん筈はない」

婆さまは酒を飲んでいないから、さすがに爺さまの袖を引っ張ってたしなめようとする。だが亭主のほうは息子の名を知らぬ小説家など心外だという表情をみせるのだ。

私はこの爺さまにとって高夫君という息子が自慢の種なのだな、とすぐわかった。おそらく高

夫君は田舎から東京に出て、東京の大学を卒《お》え、Nテレビに入社したにちがいない。そしてその息子のことは田舎にいるこの老夫婦をきっと倖《しあわ》せにさせているにちがいない。その倖せを私は傷つけることはできなかった。

「すみません。今度、高夫君に会いたいと思います」

私はあやまって彼等から離れようとした。が、爺さまは私の袖を握って離さない。

「テレビに出演したければ、うちの息子にたのむとええな。山田高夫だ。Nテレビの」

「わかりました」

「わしからも息子によう、言うといてやるぞ」

「はい、はい、有難う」

婆さまは眼くばせをして爺さまが酔っているからごめん、という合図をする。

「入社してどのくらいですか、息子さんは」

「二年だ」

そこで私は高夫君が正月に故郷に戻ってこたつのなかで両親にホラを吹いている場面を想像した。自分が東京では実力がどんなにあるディレクターか、タレントたちの出演も自らが決めるのだというホラを吹くと、爺さまと婆さまが倖せそうにうなずいているのどかな場面である。

ねがわくは息子さんよ、そのホラを裏打ちする努力をしてくれたまえと、私は老夫婦の顔をみながら思った。

七色の虹・七色の声

私が高血圧になったので友人の医者は色彩あざやかな七種の薬をくれた。三浦朱門は心配してシイタケのエキスという飲物をたくさん持ってきてくれた。後輩の一人がコブの袋を持参して、これを一晩水にひたし朝のむといいと奨めてくれた。また別の知人は卵を酢に入れて一週間たったものを毎日、一さじ飲むといいと教えてくれた。かくて毎日食後に色あざやかな薬七種と、シイタケのエキス、それにコブ入りの水ならびに卵入り酢を同時に飲むと、咽喉《のど》まで液体が溢《あふ》れるような気がして、しかもこれらのすべてが腹中に混然混合したためか、シイタケ＋コブ＋卵のえもいわれぬゲップが発し、夢幻にいるようである。しかし、そのおかげか一週間後、ふたたび血圧を計りに行くと、あらふしぎ一四〇～九〇にさがっていて、友人、後輩、知人の奨めをきいて良かったと思ったのである。

ところである日——失礼な話で恐縮だが——トイレに入っていると、驚くべし、水面に弓のように虹《にじ》がかかっているではないか。眼をこすり、こんなところに虹がと思ったのだが、たしかに極楽を思わせるような虹なのだ。どうしたことかと考えた末、膝を叩いて事情を悟った。それは私は色彩あざやかな七種の薬を毎食後、飲んでいたため、オシッコから七色の虹がたちのぼるようになったのである。思わず私は西方浄土にむかって手を合わさざるをえなかった。と、書けば誰でも馬鹿くさと思い、嘘ばっかしと眉に唾をぬるであろう。ところが今のような世にも、森永ミルクキャラメルの天使のような女がいて、私のこの話をそのまま信じたのである。その女の名は御存知、佐藤愛子さんという女流作家である。

某日、私は彼女に電話をかけ、自らが高血圧になったことを教え、見舞いとしてシビンをくれと言った。このシビンを枕元において寝るというのは私には何とも言えず風流に思えたからである（こういう風流がわからん御仁はわが読者ではない）。

きたない、と彼女が言うので、私はさきほどの虹の話をしてみせた。もちろん冗談のつもりだったが、しかし、

「へえー。ほんま」

純真というか、素直というか、そういう声を出されると、私もおのれの邪悪さを恥じて首垂《うなだ》れざるをえない。あの人は見かけは強そうだが、心は子供のように素直だと思ったのである。

ところが、先日、その佐藤愛子さんの随筆を読んで私は愕然《がくぜん》とした。彼女は私のあの電話を録音にとり、しかも例の強盗事件の担当刑事にそれを聞かせた、と書いている。のみならず刑事は眉に皺《しわ》をよせ、こういう馬鹿げたことを考えるのは「よほど暇で、売れない小説家にちがいない」と呟いた、とものべている。

私は彼女をヨウチョウすべく断固たちあがった。私には七色のオシッコは出ないが七色の声は出すことができる。昔、この七色の声で亡くなった梅崎春生氏や友人の安岡章太郎や吉行淳之介

と電話遊びをやったことがある。警視庁のえらい人の声を出すぐらい朝飯前だ。

「モス、モス、こちらは警視庁風紀係の上田ちゅうもんですが」

そう電話をかけると彼女はハッとした声で、

「なんでしょうか」

「実はあんたが新聞に電話をロクオンにとってうちの係官にきかせた、ちゅう随筆を書かれたが、あれはプライベット侵害になるという抗議がありますてな。警視庁とすても、大変、メイワク、すておりまス」

「あれはフィクションです」

「フィクションって、なんすか」

「つくったんです」

「そういう作り話をされますと警視庁とすては、迷惑ですなア。軽犯罪法にひっかかるです」

「スミません。ごめんなさい」

佐藤さんは震え声を出している。私はおかしくてならない。あんまりシオらしいので可哀想になり、俺だよ、と言うと彼女は絶句したままだった。

小説家になって良かったこと

子供の時、正月元旦に書きぞめと言うのをよくやった。結局はあたりを墨でよごしまわるのであるが、はじめのうちは神妙な顔をして「勉強、努力」などと書く。すると、母親などに笑われたものである。母親は私が勉強、努力からはなはだ縁遠いことを知っていたからだ。

成長して一年の計は元旦にありと思い、今年こそは禁酒、禁煙などと言うと家人の失笑をかった。その誓いをたてても一日すぎれば酒はガブガブ飲み、煙草はプカプカすうのを毎年、見ているからである。

この年になっても正月になると、何を今年は「一年の計」にしようか、と考える。そしてこの数年は「憎まず、裁かず」とわが心に言いきかせることにしている。

と、書くとお坊さんの説教じみた話になってどうも照れくさい、恥ずかしい。しかし幸いなことに、私は生れつきな性格か、あるいはあまりにひどい仕打ちを他人から加えられたことがないためか、芯《しん》から人を憎んだ経験がない。もちろん長い人生の間、癪《しゃく》にさわったり、腹をたてた相手はいた。しかしその感情が二週間と続いた例はないようである。

若い頃はそうした自分が歯がゆく、男らしくないとか、意志が弱いと反省したものであった。

しかし性格とはどう直そうとしても直るわけでなく、この年になると、永続的に人を憎めぬ自分をむしろ良し、とするようになってきた。

今になると、小説家になって良かった、と思うことが二つある。一つは小説家になったおかげで、自分に加えられた不幸や苦しみも客観的に見られるようになったことである。このことについては詳しくは書かない。

今ひとつは小説家としてさまざまな人間を描いたり、観察したりしているうち、どんな人間にも真っ向から裁くという気持が次第になくなってきたことである。一人、一人の人間の心の底をのぞきこもう、のぞきこもうとしているうち、いつか、その人間の弱さや哀《かな》しみ、あわれさがある程度まではわかるようになった。そして外形によって彼等を裁くということが少しずつできなくなってきたのである。

しかし、これはケッペキでなくなったという見方もできる。若い頃許せなかったことが許せるようになり、認めることができなかったことに寛大になったのは自分のなかのケッペキさが、それだけ失われたとも考えられる。

あるいはまた憎まず、裁かずという気持には他人の弱さやあわれさを見のがすと同時に、おのれの弱さやあわれさにも眼をつぶろうとする卑怯《ひきよう》な気持が働いているとも考えられる。言いかえれば年齢と共に人間の悪にたいする闘争心が失われたとも言えるかもしれない。

一年の計として「憎まず、裁かず」を我とわが心に言いきかせるたび、私は今のべたような反論を同時に心に思いうかべる。にもかかわらず、私はやはり「憎まず、裁かず」というほうを自分に良しとしてしまう。というのは、どんなよい考えにも長所短所が必ずあるのであって、その短所をみてその考えが悪いとも言えず、その長所をみてその考えを絶対化することが危険なぐらい、私もわかる年齢になったからだ。そして「憎まず、裁かず」のほうが、自分の性格に向いているから、私はこれをわがものにしたいと考えるのかもしれない。

私にはしたり顔で正論を吐く人を見る時、その正論自体よりも彼のおのれのみを正しとする意識がどうもやりきれない。襟首《えりくび》をつかむようにして相手が言われたくない欠点を責め、弱点を刺している正義漢をみると、何かウソだ、と言いたくなる。何がウソなのか、私にはまだ、はっきり言えない。しかしその正義漢の優越感がウソだという点だけはわかっている。そしてそういう人間にはなりたくない。本当のウソとはそのようなものなのだ。

（「サンケイ新聞」昭和五十年六月二十三日―七月三十一日）

解説

―ある日の狐狸庵山人素描―

矢代静一

私は、かつて遠藤周作から素晴らしい宝物をプレゼントされたことがある。忘れもしない昭和四十八年の秋のことだ。ある夜、彼から電話がかかってきた。少年のように息をはずませている。

「なァ、矢代よ、お前の『すみれの花咲くころ』をレコードにしてやるでェ」

私はいい年して宝塚の熱狂的ファンである。酔うと、「すみれの花咲くころ」を唄って、先輩友人家族らに迷惑をかけている。音痴だ。そんな私の愚歌をLPに吹きこんでくれるというのだ、それもバンド演奏付きで。私はまたかと思った。そのころの遠藤はまだイタズラ電話に熱中していたころであった。深夜、親しい友人の誰かれに声色を使って電話し、「もしもし、警視庁のものだが……」と野太い声で怒鳴り、こちらをはらはらさせたり、かと思うと、「もしもし、こちら新珠三千代の事務所の者ですが、新珠が今夜、ぜひぜひ矢代先生にお会いしたいと申しておりますので、銀座の『××』（一流バア）に、恐れいりますがお越しいただけないでしょうか」と甘い声でささやき、こちらをどきどきさせたりして、一人で悦に入っていたころだから、ダマサレマイゾョと警戒心が働いたのは当然のことである。しかし、このたびは本当であった。中央公論社から文芸レコードが出ることになり、その第二弾として、「おしゃべりと沈黙」という表題で、A面が彼の作品「沈黙」の朗読、B面が狐狸庵構成による小咄《こばなし》や歌集という企画を立てたという。

そしてB面はにぎにぎしいものにしたいという。彼は遠足前夜の小学生のようにはしゃいで、つづけた。

「北杜夫に浪花節をうなってもらう、佐藤愛子にはピアノ独奏、阿川弘之には軍歌、安岡章太郎と吉行淳之介も出る。三浦朱門は芸のない男だが、まあ、友達のよしみで都はるみでも歌わしてやる」

レコード収録の場所は、銀座の一流バアで、次の日曜日の真昼間ということであった。バアの休みの日を狙ったのだ。当日の昼近く、遠藤から電話がかかってきた。

「おい、なにぐずぐずしちょる。みんなもう集まってるでェ、早うこい！」

しとしとと秋雨の降っている気のめいるような日だった。着いてみると、中央公論社の担当の人々や、収録する人々、バンド演奏の人々は見えていたが、出演者は誰一人としていなかった。遠藤はと見ると、片隅でせわしげにダイヤルを廻していた。方々に催促の電話をかけているらしい。

「やあ、北か、みんなもう来てるでェ」

「やあ、三浦か、早くこないと出演させてやらんでェ」

「佐藤愛子さんですか、え？　そんなこと言わんで、来てくださいな、一生恩にきます」

やがて憮然《ぶぜん》とした表情で近寄って来て言った。

「みんな友達甲斐《がい》のない奴ばかりじゃ、雨の日は神経痛でどうのとか、二日酔で起きられないとか、熱が三十九度で肺炎の気《け》があるとか……」

ゲストが私一人じゃ話にならない。そこで倖《しあわ》なことにバアなので、水割りとビールを飲みながら待つことにした。しかし、小一時間待ったが、友は遠方より現われない。

――と、ここで話を脇道にそらして、遠藤の文章を引用しよう。この「沈黙とおしゃべり」のジャケットにのっている。

「私はよく二つの顔を持っていると言われる。すなわち遠藤周作という顔と狐狸庵山人の顔である。まるでジキルとハイドのような二重人格者みたいな話だが、当人はそんな気持は毛頭ない。私はただシンコクな顔をする作家にはなりたくないだけだし、一人で小説を書く以外は友人や仲間と陽気に騒ぎたいだけだ。小説を書く時は一人ぽっちだが、友人たちといる時は一人ぽっちではない。みなで劇団樹座を作ったり、楽団の仲間に入れてもらうのと、書斎で作品ととりくむ私は別人ではない。自らの孤独や苦しみを交友のなかに持ちこみたくないだけなのだ」

この言やよし。そして、事実、彼はその通りに実行している――。

ここで話を元に戻す。

待てども待てども登場しないゲストをひたすら待っている彼は、だんだん気弱くなり、「すまんなァ、矢代、待たせて」とみずから水割りをこさえたりしてくれた。そして、その横顔は「シンコク」で「孤独」と「苦しみ」に満ち満ちていた。つまりこのときの彼は、「書斎で作品ととりくむ私」と同じように、真剣にＬＰ製作にとりくんでいたのである。

「来ました、来ました、北さんが……」

表でゲストたちのくるのを待ちうけていた担当の人が、駆けてきて遠藤に告げた。

「きたか、きたか、北がきた！」

彼はたちまち「陽気に騒ぎ」出した。いま泣いた烏がもう笑ったといった案配で、とても五十近い明晰《めいせき》な人間観察家の言動とは信じられないくらいのはしゃぎようであった。けれど、来たのは北杜夫の使いの者で、友情に厚い北は、もっか鬱病なので人なかに出たくない由で、その代りといって、自宅でテープに吹き込んだ浪曲「タンタン狸の金玉」を届けてくれたのであった。

「よし、まず、矢代、祝杯だ！」

なんで祝杯をあげなけりゃいけないのか考えてみたら納得できなくなるので、考えないことにして、乾杯した。さっきから私は飲みつづけている。あとで「すみれの花咲くころ」を独唱しなければいけないため殺して飲んでいるので、ひょっとすると、突然、ガクンときて、泥酔状態におちいる危険性もある。だから乾杯用の水割りは一口だけ飲むことにした。それを見た心やさしい遠藤は次のように励ましてくれた。

「いいんだよ、酔払ったって。もともと矢代は音痴なんだから、酔払った方が個性的な歌になるよ」

そして私のために、率先して酒を浴びるのであった。

——ここでまた話を脇道にそらし、「沈黙とおしゃべり」のジャケットから、もう一つ、彼の文章を引用する。

「私が少し低能だったのではないかというのは——私の兄は時折、おネショをする癖があった。子供心にも私は彼に同情していた。

ある夜、隣で寝ていたこの兄が真夜中、私をゆさぶり起して、

『またやってしまった』

と情ない、泣きそうな顔をした。

私はその時、どう思ったのか、あまり憶えていない。ひょっとすると同情したのかも知れない。たしかなことは兄がおネショをしたならば、こっちは、もっとデカい大きなことをやってやれと考えたのである。

いずれにしろ翌朝、母は長男の布団におネショを、そして私のほうには寝糞《ねぐそ》を発見して仰天してしまったわけだ。このことを思い出してみると、子供の時の私は頭があまり良くなかったらしい」

私はここに遠藤の真骨頂をみるのである。相手を心地よく酔わせるために、飲みたくもない酒を進んで飲んで、つきあってくれるのだ。「矢代よ、お前が酔払って音程を狂わすなら、俺もいっしょに音程を狂わすさ」といったいたわりがある。私のおネショを彼は寝糞でカヴァしてくれるというわけだ。

やがて佐藤愛子さんが現われたので、のこりのゲストはあきらめることにして、三人で芸を披

露することにした。

楽団グウタラーズの演奏が始まり、まず私が「すみれの花咲くころ」を歌うことになった。ところがどうしたことか、いいえ考えてみれば当り前のことだが、私の唄は一向に冴《さ》えないのである。一節歌ってはつっかえ、素頓狂なテノールになったかと思うと、突如バスに声変りしたりする。たまりかねた彼は、「じゃ、二人で歌おうや、デュエットだ」。今度はどうやら演奏に乗れて、最後まで歌えた。しかし、私としてはソロでないので残念だった。そんな私の心中を見抜いて、「もう自信がついたろう、今度はソロで歌えや」。楽団の人たちに頭をさげて、「すみませんが、もう一度歌わせてやってください」と言ってくれた。今度は大成功であった。「祝杯だ!」と私は安心して盃を重ねた。次は遠藤の番で、佐藤愛子さんのピアノで、「モンキイ・ドライバー」を歌った。「お猿のカゴ屋だ、ほいさっさ」というあの歌のことである。

それからしばらくして、「沈黙とおしゃべり」という立派なLPができあがった。試聴してみると、私の「すみれの花咲くころ」の唄の前に、彼の前口上が入っていた。即ち、「矢代静一氏は、有望なシャンソン歌手で、最近、巴里《パリ》から帰国されたばかりであります。しみじみと心にくいいるような氏の歌いぶりをおたのしみください」

宝物というのは、このLPのことを指す。

鳳蘭《おおとりらん》たち宝塚の生徒さんが、東京公演の折、拙宅に遊びにくるたびに、私は、必ずこの「すみれの花咲くころ」を聴かせる。生徒さんたちは、私の唄をきいて、自分の歌唱力に自信を持つ。つまり、私は生徒さんたちのためにとてもいいことをしていることになるのだ。

そのおかげで、私は宝塚の生徒さんたちから信頼され、私の唄は宝塚娘全員にあまねく知れわたっている。

これもみんな遠藤のおかげである。

ありがとう。


（昭和五十四年六月）

この作品は昭和五十一年四月新潮社より刊行された。

文字づかいについて

新潮文庫の日本文学の文字表記については、なるべく原文を尊重するという見地に立ち、次のように方針を定めた。

一、口語文の作品は、旧仮名づかいで書かれているものは現代仮名づかいに改める。
二、文語文の作品は旧仮名づかいのままとする。
三、一般には当用漢字以外の漢字も使用し、音訓表以外の音訓も使用する。
四、難読と思われる漢字には振仮名をつける。
五、送り仮名はなるべく原文を重んじて、みだりに送らない。
六、極端な宛て字と思われるもの及び代名詞、副詞、接続詞等のうち、仮名にしても原文を損うおそれが少ないと思われるものを仮名に改める。

遠藤周作著　白い人・黄色い人
芥川賞受賞

ナチ拷問に焦点をあて、存在の根源に神を求める意志の必然性を探る「白い人」、神をもたない日本人の精神的悲惨を追う「黄色い人」。

遠藤周作著　海と毒薬
毎日出版文化賞・新潮社文学賞受賞

何が彼らをこのような残虐行為に駆りたてたのか？　終戦時の大学病院の生体解剖事件を小説化し、日本人の罪悪感を追求した問題作。

遠藤周作著　留学

時代を異にして留学した三人の学生が、ヨーロッパ文明の壁に挑みながらも精神的風土の絶対的相違によって挫折してゆく姿を描く。

遠藤周作著　月光のドミナ

人間の心にひそむ暗い衝動や恐怖を誠実な筆致で描く初期短編集。表題作ほか「イヤな奴」「あまりに碧い空」「地なり」など10編。

遠藤周作著　大変だァ

闇鍋会に放射線を浴びた鶏が供された。男は女に、女は男に……時ならぬ性転換の悲喜劇からくりひろげられる騒動！　ユーモア長編。

遠藤周作著　影法師

神の教えに背いて結婚し、教会を去っていくカトリック神父の孤独と寂寥――名作『沈黙』以来のテーマを深化させた表題作等11編。

遠藤周作著

母なるもの

やさしく許す〝母なるもの〟を宗教の中に求める日本人の精神の志向と、作者自身の母性への憧憬とを重ねあわせてつづった作品集。

遠藤周作著

彼の生きかた

吃るため人とうまく接することが出来ず、人間よりも動物を愛し、日本猿の餌づけに一身を捧げる男の純朴でひたむきな生き方を描く。

遠藤周作著

砂の城

過激派集団に入った西も、詐欺漢に身を捧げたトシも真実を求めて生きようとしたのだ。ひたむきに生きた若者たちの青春群像を描く。

遠藤周作著

悲しみの歌

戦犯の過去を持つ開業医、無類のお人好しの外人……大都会新宿で輪舞のようにからみ合う人々を通し人間の弱さと悲しみを見つめる。

遠藤周作著

沈黙

谷崎潤一郎賞受賞

殉教を遂げるキリシタン信徒と棄教を迫られるポルトガル司祭。神の存在、背教の心理、東洋と西洋の思想的断絶等を追求した問題作。

遠藤周作著

イエスの生涯

国際ダグ・ハマーショルド賞受賞

青年大工イエスはなぜ十字架上で殺されなければならなかったのか——。あらゆる「イエス伝」をふまえて、その〈生〉の真実を刻む。

遠藤周作著

キリストの誕生

読売文学賞受賞

十字架上で無力に死んだイエスは死後〝救い主〟と呼ばれ始める……。残された人々の心の痕跡を探り、人間の魂の深奥のドラマを描く。

遠藤周作著

死海のほとり

信仰につまずき、キリストを棄てようとした男——彼は真実のイエスを求め、死海のほとりにその足跡を追う。愛と信仰の原点を探る。

遠藤周作著

王国への道

—山田長政—

シャム（タイ）の古都で暗躍した山田長政と、切支丹の冒険家・ペドロ岐部——二人の生き方を通して、日本人とは何かを探る長編。

遠藤周作著

真昼の悪魔

悪には悪の美と楽しみがある——大学病院を舞台に、つぎつぎと異常な行動に走る美貌の女医の神秘をさぐる推理長編小説。

遠藤周作著

王妃 マリー・アントワネット

（全二冊）

苛酷な運命の中で、愛と優雅さを失うまいとする悲劇の王妃。激動のフランス革命を背景に、多彩な人物が織りなす華麗な歴史ロマン。

遠藤周作著

女の一生

一部・キクの場合

幕末から明治の長崎を舞台に、切支丹大弾圧にも屈しない信者たちと、流刑の若者に想いを寄せるキクの短くも清らかな一生を描く。

遠藤周作
佐藤泰正著

人生の同伴者

佐藤の真摯な問いに答え、遠藤周作が、心に刻まれた記憶や体験あるいは主要な自作を通して、文学、思想、信仰、生活のすべてを語る。

遠藤周作著

王の挽歌（上・下）

戦さと領国経営だけが人生なのか？　戦国の世に、もう一つの心の王国を求めた九州豊後の王・大友宗麟。切支丹大名を描く歴史長編。

開高健著

地球はグラスのふちを回る

酒・食・釣・旅。――無類に豊饒で、限りなく奥深い〈快楽〉の世界。長年にわたる飽くなき探求から生まれた極上のエッセイ29編。

安岡章太郎著

海辺の光景

芸術選奨・野間文芸賞受賞

海辺の精神病院で死んでゆく母と、それを看取る父と子……戦後の窮乏した生活の中で訪れた母の死を虚無的な心象風景に捉える名作。

安岡章太郎著

質屋の女房

芥川賞受賞

質屋の女房にかわいがられた男をコミカルに描く表題作、授業をさぼって玉の井に〝旅行〟する悪童たちの「悪い仲間」など、全10編収録。

安岡章太郎著

夕陽の河岸

川端康成文学賞受賞

歳月の彼方からふと現れる《影法》の姿……。川端賞受賞作「伯父の墓地」他、人生の《黄昏》の景観を濃やかに描く、珠玉の10篇。

司馬遼太郎著

草原の記

一人のモンゴル女性がたどった苛烈な体験をとおし、20世紀の激動と、その中で変わらぬ営みを続ける遊牧の民の歴史を語り尽くす。

司馬遼太郎著

梟の城

直木賞受賞

信長、秀吉……権力者たちの陰で、凄絶な死闘を展開する二人の忍者の生きざまを通して、かげろうの如き彼らの実像を活写した長編。

司馬遼太郎著

国盗り物語

（全四冊）

貧しい油売りから美濃国主になった斎藤道三、天才的な知略で天下統一を計った織田信長。新時代を拓く先鋒となった英雄たちの生涯。

司馬遼太郎著

人斬り以蔵

幕末の混乱の中で、劣等感から命ぜられるままに人を斬る男の激情と苦悩を描く表題作ほか変革期に生きた人間像に焦点をあてた7編。

井上ひさし著

ブンとフン

フン先生が書いた小説の主人公、神出鬼没の大泥棒ブンが小説から飛び出した。奔放な空想奇想が痛烈な諷刺と哄笑を生む処女長編。

井上ひさし著

表裏源内蛙合戦

才知と野心を時代の制約の中で徒らに空転させた平賀源内の生涯を描く表題作と「日本人のへそ」。言葉遊びを縦横に駆使した二喜劇。

ボクは好《こう》奇《き》心《しん》のかたまり

新潮文庫　え-1-11

昭和五十四年七月二十五日　発行
平成八年十月二十日　四十一刷

著者　遠《えん》藤《どう》周《しゅう》作《さく》

発行者　佐藤隆信
発行所　株式会社　新潮社
郵便番号　一六二
東京都新宿区矢来町七一
電話　編集部(〇三)三二六六―五四四〇
読者係(〇三)三二六六―五一一一
振替　〇〇一四〇―五―八〇八

価格はカバーに表示してあります。

乱丁・落丁本は、ご面倒ですが小社読者係宛ご送付ください。送料小社負担にてお取替えいたします。

印刷・株式会社金羊社　製本・憲専堂製本株式会社

ISBN4-10-112311-X C0195